異世界？
軍神的前程諮詢！

久遠飛鳥
阿爾瑪特亞

現在開始進行「No Name」的女孩聚會溫泉篇！
春日部耀
斐思・雷斯
黑兔

YES!
後台狀況！
好，既然也泡過溫泉了，就打起精神進入最後一集吧！
等等，黑兔。我有個想法。
我也有個想法。
還有我。
啊哇哇！各位，怎麼突然說這種話？
那麼，就由本人來聽聽你們的「想法」吧！
誰？
突然響起的神秘聲音到底是誰？
現在，終極的前程諮詢即將開始！

軍神的前程諮詢！

問題兒童都來自異世界？

Tatsunokotarou
竜ノ湖太郎
illustration
天之有

Kadokawa Fantastic Novels

問題兒童都來自異世界？
contents

序章 009
第一章 013
第二章 043
第三章 080
第四章 100

軍神的前程諮詢！

第五章 130
幕間 151
第六章 171
第七章 194
第八章 212
第九章 228
終章 261
-Another Prologue- 267
後記 280

序章

閃耀的神矛逼近三頭龍的心臟。在還來不及眨眼的時間內，神矛就會擊碎胸骨貫穿心臟吧。遭到「蛇夫座（Asclepius）」之恩賜束縛的那傢伙根本已經無計可施。

就算是宣稱自身為「不共戴天（世界之敵）」的最強魔王，也必定無法承受。

因為這並非只是一種比喻，帝釋天眷屬擊出的這把神矛確實是具備「勝利命運」的武器。是一個獲得保證，只要和敵人互擊就能凌駕對方，一旦貫穿對方必能消滅敵人的恩賜。

所以在此，情勢已經走到將軍。

包括「No Name」成員在內的主辦者們，每一個人都確信即將勝利。

然而三頭龍卻大聲怒吼，彷彿要打碎這份確信。

——不要小看魔王，小看「絕對惡」！

他釋放出足以震撼天道的激烈王威，把蘊含的質量能與一顆星辰相匹敵的黃金龍之束縛強行扯斷。而且不只是這樣。

全身轉變為星辰體（Astral）的三頭龍應該會避開以第六宇宙速度逼近的神矛吧。

不，那傢伙會避開。毫無疑問，一定能夠避開。

逆迴十六夜已經預想到，即使用盡萬千策謀，這個堅定不屈的魔王也會凌駕於所有攻擊之上。因為，他在開戰時曾經如此宣告。

要眾人窮盡武勇。

要眾人竭盡智謀。

要眾人耗盡蠻勇，試著化為貫穿他胸膛的光輝之劍。

所謂的恩賜遊戲，正是考驗武智勇的神魔遊戲。這是十六夜來到箱庭時，第一個被教導的世界法律。

而為了跨越眼前的魔王——被稱為「人類最終考驗（Last Embryo）」的最強考驗（Game），就必須成為同時擁有前述武智勇這三把劍的最強英傑。

已經窮盡武勇，也已經竭盡智謀。然而如果只有這樣，還缺少一把劍。

越過數不清的勇者屍首才建立的千載難逢的勝機。十六夜確信，只有掌握這一剎那再累加上更進一步的勇氣，才終於能夠討伐這個魔王。

他坐在化為月龍的蛟劉背上，來到黑兔和三頭龍之間形成的直線路徑途中等待。只有能引起物理性干涉的恩惠才會對十六夜的身體發揮效果。所以就算被軍神的神矛擊中，他大概也不會立刻死亡。

因此十六夜要以渾身之力接下必勝之矛，然後借力使力地攻擊三頭龍的心臟。

不過儘管恩惠不會發生效果，但神矛的銳利卻依舊不變。所以也有人提出是否有必要做到這種地步的意見。問題是面對三頭龍時若想搶得先機，至少必須做到這樣，否則不可能獲勝。

那傢伙是最強的魔王，是沒有人能征服的最後巨峰。那麼身為挑戰者的自己這方除非展現出能將不可能化為可能的決斷心和行動力，否則沒有機會獲勝。

（來了……帝釋天的神矛——！）

十六夜抱著打算犧牲一隻手的念頭來面對這次作戰。

認為就算無法完全接下神矛導致內臟被炸飛也無所謂的他燃燒沸騰的熱血，縱身一跳。

閃光逼近，超越光速的閃電奔馳而來。

能粉碎一整顆星星，甚至連銀河都能破壞的恩惠將十六夜拖進死亡。

決心只是徒勞，心臟被殘酷地貫穿。熱血四濺，激烈疼痛讓他的視界染紅。

真是愚蠢的挑戰……十六夜聽見三頭龍的嘲笑聲。

也聽見久遠飛鳥和春日部耀的慘叫聲。

在逐漸模糊的意識中——最後，殺死他的黑兔表情映入十六夜的眼中。

＊

正好在這瞬間，十六夜睜開雙眼。

（……混帳東西！）

……

他並沒有如一般會有的反應那樣，狠狠咒罵原來只是一場夢。

十六夜只是脫掉已經因為汗水而溼透的襯衫，在床上翻了個身，準備再睡個回籠覺。

第一章

——「風浪礦山」，六傷經營的旅館裡。

這裡是秋雨鋒面已過，讓人開始感到有些寒冷的地域。而十六夜住宿的地方，位於打鐵聲迴響不絕的礦山一角。

寢室裡的時鐘發出規律的滴答聲。

時鐘秒針的聲音為什麼會如此刺耳呢？似乎很不舒服地以粗魯動作翻了個身的十六夜身上，突然響起似乎有什麼東西在跳動的砰砰響聲。

「早上！起來！」

「十六夜起床！」

「快點起來！」

嗚呀～♪原來是一群帶著尖帽子的群體精靈在他身上開心地蹦蹦跳跳。

因為太吵而醒來的十六夜不高興地從被子中探出腦袋。

「……妳們吵死了，極小點們。」

「極小點？」

「極小點？」

「極小點們？」

「是啊，因為妳們是『超級小不點的梅爾系列』，所以省略成極小點們。」

省略前後根本不一樣啊！

三名群體精靈們——梅爾、梅露露、梅莉露更加驚訝。

梅爾原本就擁有「哈梅爾的吹笛人」中記載的開拓靈格，之後又藉由新開拓「No Name」的農場而增加了自己的眷屬。

頭戴尖帽子的精靈是主精靈梅爾。

帽子有兩個尖端的是梅露露。

帽子有三個尖端的是梅莉露。

俗話說三個女人在一起勝過一百隻雞真是形容得很好，這三隻群體精靈湊在一起的時候實在吵到不行。十六夜搔著還沒清醒的腦袋，邊動手戳戳三姊妹，同時看向時鐘確認時間。於是，出乎意料的時刻讓他瞪大眼睛。

（真的假的？已經中午了嗎！）

怎麼會這樣……十六夜以很刻意的動作抱住腦袋跳下床。

現在沒空鬧梅爾她們幾個，今天有預定要參加的遊戲。十六夜伸了個懶腰，為了參加遊戲

第一章

而嚴肅地開始準備出門。

——和三頭龍的戰事結束後已經過了三個月。

完成戰後處理與戰死者的追悼儀式後，「No Name」眾人為了展開新活動而前往東區的某處。

那地方是過去支撐「No Name」前身的「金剛鐵（Adamantium）」礦場。

位於六位數階層，五六五六五六外門的「風浪礦山」。

十六夜打開窗戶，炎熱的陽光和熱氣進入室內，還有鐵的味道刺激鼻腔。

來自山脈的風，河川裡潺潺流動的水，地上肥沃的土壤，打鐵必須使用的火。

礦山特有的塵埃以及加工開採礦石的煉鐵廠。從未間斷的打鐵聲雖然對還沒睡醒的腦袋造成一些壓力，不過正好可以促進清醒。

他吸了一大口帶有刺鼻鐵味的空氣，趕走睡意。這種有金屬味的空氣很適合用來刺激頭腦。當十六夜成功清醒並打算關上窗戶的時候，下方傳來熟悉的聲音。

「十六夜同學！你在做什麼？已經中午了，快點下來！」

久遠飛鳥那清澄響亮的聲音衝擊他的耳朵。

做出掩耳動作的十六夜一邊輕快地呀哈哈笑著，同時低頭看向飛鳥。

「早安啊，大小姐。妳一大早就這麼有精神。」

「飛鳥！」
「飛鳥有精神！」
「飛鳥也從早上就有精神！」
嗚呀～♪三隻群體精靈從窗口往下跳向飛鳥的頭上，「噗砰！」地發出可愛聲響並展開身體撞擊。
飛鳥靈巧地接住她們，邊嘆氣邊抬頭望向十六夜。
「如果認為現在這時間還算早上那可病得不輕，因為一般來說，不會把正午稱為早上。快點去洗臉並做好準備，要是來不及趕上預賽，就會只有十六夜同學你無法參加遊戲喔。還是你覺得預賽就敗退也無所謂？」
仰望十六夜的久遠飛鳥露出不高興的表情。反抗這種情況時的她並不是個好主意，就算要開玩笑作弄幾句，通常也會留下後遺症。
所以十六夜隨性揮著手並點了點頭。
「知道了知道了。我去準備，請等一下吧。」
「記得要洗臉！」他在叮囑聲中關上窗戶。
之後十六夜泡了咖啡一口氣喝完，按照指示洗了臉，然後跑去洗澡。
丟著飛鳥和梅爾她們在外面等待的十六夜慢慢花了很多時間準備，換上適合礦山的工作服。他把挖掘用的鶴嘴鋤夾在腋下，穿好向「Thousand Eyes」訂製的獨創版建築工服飾，張開雙腳大搖大擺地站立。

「好！那麼，就打起精神去大挖特挖吧！」

呀哈哈地輕快笑完後，十六夜才離開這棟趕搭出來的小屋。今天也很熱鬧的礦場裡聚集了以「六傷」為首的商業、工業、礦業等各式各樣的共同體。

他一邊以眼角餘光看著鼻子形似葫蘆的矮人族(Dwarf)與耳朵尖尖的精靈族(Elf)等在外界也被人熟知的種族在路上闊步的模樣，同時打了個大呵欠。

「哦……？連精靈族(Elf)和矮人族(Dwarf)都有嗎？不愧是能挖掘到豐富貴金屬的礦場，從有名到非主流的人事物都聚集在此。以前不常看到北歐相關的幻獸，不過來到這裡之後卻突然多了不少。」

「哎呀，是這樣嗎？」

「就是那樣。因為根據白夜叉所說，北歐勢力是在箱庭中失去力量的神群之一。我想在整體方面的數量應該並不多吧。」

飛鳥聽到十六夜的發言後，轉頭環視周遭。不過就算說是北歐勢力，她也無法直接理解吧。畢竟精靈族和矮人族(Dwarf)這類種族在日本的知名度是直到二戰結束後又過了一陣子才出現爆發性的成長，所以對於身為昭和女性的飛鳥來說，是一些不熟悉的名詞。

「雖然不太懂是怎麼回事，但神明也有各種複雜的內情呢。不過為什麼北歐神群會弱化到那種地步？是受到魔王襲擊嗎？」

「嗯～這方面有點複雜。北歐神群好像是隨著基督……」

「咳咳。」

「哎呀，抱歉。總之北歐勢力是隨著基○教大幅成長而衰退的神群。據說不但信仰全被吸收，北歐的主神還在刻意宣傳下遭到貶低，某段時期甚至從神靈降到了妖精等級。」

十六夜揮著手，一臉無趣地說明。

若要舉個北歐神群衰退時的有名範例，那就是曾經發生過主神奧丁為了獲得眾人的信仰而親自前往民家，一一強行拜託人們信仰北歐神群的醜聞。

雖然這也是藉由貶低其他宗教而提昇自身勢力的一種宣傳手法，然而在文明未發達的時代，這些宣傳發揮出爆炸性的效果。

因為所謂神性，只會宿於高貴光輝之上。既然落到必須懇求人類付出信仰的地步，作為神靈已經是完蛋了。根本不會被人們視為信仰的對象吧。

「希臘神群、羅馬神群、凱爾特神群、北歐神群這些歐洲的神群都因為○督教的大幅興起而隨著時代衰退、融合，並且逐漸被吞併吸收……要說前者的那些神群曾獲得過什麼援手，大概只有因為發生文藝復興運動，帶起要讓被日耳曼民族破壞的文明得以復興的風潮，所以才能獲取源自藝術性的神祕並得到救濟吧……啊～該怎麼說？如果以日本來舉例並講得簡單一點，就是那種……把一些幾乎快遭到遺忘的古典藝術表演和古事記改為現代風格，針對一般人重編後想辦法讓大眾接受的行為。」

「是……是嗎？」

看到飛鳥拚命地想要理解這些內容，十六夜透過比喻來說明。不過就算這樣做，昭和時代的女性還是不可能聽得懂。明知到這一點卻還繼續講解，這種行為實在不太符合他的風格。

看來腦袋還沒清醒……十六夜露出苦笑抬起頭。

「話說回來，春日部現在是在參加遊戲預賽吧？」

「嗯，如果十六夜同學你沒有睡過頭，這時候應該已經在幫她加油。」

「那還真是抱歉。不過春日部不會有問題，要打贏現在的她，大概只有蛟劉或我……不，我也已經很難講了。」

「咦？」

懷疑自己耳朵的飛鳥瞪大雙眼。

打著哈欠的十六夜並沒有表現出太在意的態度，或許是因為那是他的真心話吧。

「生命目錄」的萬能力量具備豐富的種類，甚至連十六夜都感到讚嘆。

既然連大鵬金翅鳥(Vāhana Garuda)這樣的最強種都能夠顯現，那麼即使認定她能夠準備接近無限的手段也不算是言過其實。從預測未來之類的小技巧到火力強大的攻擊都能操縱自如，就算是十六夜，恐怕也會被迫面對苦戰吧。

不過聽到這番發言，飛鳥這次把眼睛瞪得更大。大概是因為她從來沒想像過那個十六夜嘴裡居然會講出這種話吧。

飛鳥認真地觀察十六夜的臉，以帶著懷疑情緒的眼神發問：

「……十六夜同學，你到底是怎麼了?今天的你有點奇怪喔。」

「是嗎?我自認只是在冷靜分析而已。如果是現在的春日部，要找出能打贏她的人反而比較難吧?連我本身也沒有絕對的自信。」

「這個……說不定真的是那樣啦。」

雖然露出懷疑的視線，但飛鳥也很清楚十六夜其實意外地謙虛。大概是因為剛起床所以這份謙虛表現得特別明顯吧……做出這種結論之後，飛鳥才以突然想到般的態度提出要事。

「啊，對了。在參加遊戲前，要和『六傷』的波羅羅小弟討論今後的事情。」

「波羅羅?……噢，那個貓耳小不點首領嗎?」

「嗯，他說想針對開採到的『金剛鐵』商量要如何使用。」

飛鳥指向「六傷」的旗幟，身上剛縫補好的紅色長裙隨之翻飛。

聽到這句話，十六夜的眼神有點飄向遠方。

「『金剛鐵』的用途啊……這種事情不等找到小不點少爺之後再說，真的不要緊嗎?」

「雖然我也是那樣認為，但提供採掘遊戲預算給我們的正是『六傷』。何況保管也要耗費成本，繼續麻煩他們似乎不太好。」

語畢，十六夜和飛鳥兩人都帶著嚴肅表情抬頭望向「六傷」的旗幟。

和三頭龍阿吉．達卡哈交戰後已經過了三個月，現在的下層過著平穩的日子，彷彿什麼都未曾發生。然而，並不是一切都得以恢復原狀。與三頭龍的戰鬥讓許多共同體都留下了種種傷

痕。

「Will o' wisp」失去了參謀傑克。

「Salamandra」有一部分火龍鬼化，尚未找到復興的頭緒。

而「No Name」則是身為領導人的仁・拉塞爾下落不明。雖然透過蛟劉和鵬魔王向各方面提出搜索申請，然而目前的狀況是完全沒有尋獲任何蛛絲馬跡。

「既然找成這樣都找不到，代表小不點少爺真的如維拉所說……」

「嗯，判斷他真的是協助『Ouroboros』並被對方順勢帶走大概比較妥當。」

「是啊……那個笨蛋，居然搞錯了該抽身的正確時機。」

十六夜咂舌罵了兩句。當耀的父親救出飛鳥和黑兔時，仁應該也能夠選擇一起回來。然而據說他卻沒有那樣做，而是決定留在「Ouroboros」那方。

仁大概自有打算，然而組織最高負責人長期離開的狀況，會導致「No Name」的所有活動遭到凍結。

雖然並非沒有辦法把他奪回，但在現狀下依然無能為力。

身為領導人的仁不在的現今，「No Name」被迫必須做出幾個決斷。

「不過啊，居然想在這個時間點決定今後的方針……看來『六傷』的小不點首領手段高明的傳聞是真的，下手相當不留情。」

「我倒覺得這次算是很有耐心地等了很久。畢竟仁小弟失蹤後的這三個月，心裡最焦急的

人其實是『六傷』的波羅羅小弟。」

「我知道。」十六夜回應。波羅羅對於領導人缺席導致該決定的事情也無法決定的「No Name」內情可說是非常體諒，或許反而該感謝他。

「總不能一直全都依賴他人，我們也該針對必須決定的事情好好做出決斷。」

「我明白。」

之後，兩人暫時保持沉默，在熙攘人群中前進。礦山城鎮的熱鬧情景看在他們眼裡卻像是遠方的景色。如果「No Name」處於健全狀態，想必會是段愉快的時間。

沿著礦場的岔路往前走了一陣子後，兩人到達會議室的洞穴前。

飛鳥回頭看向十六夜，以鄭重的表情開口說道：

「……我想十六夜同學你也明白，但是如果時候到了，你起碼要做好心理準備喔。」

「這個嘛……不等時候真的到了都還難講。」

彷彿化身為來自礦山上的乾風，十六夜露出輕浮的笑容，跨步踏入洞穴中。

那是在他來到箱庭之前——某處藏著自嘲的笑容。

＊

——另一方面，在同一時刻——

「風浪礦山」的洞穴中正進行著新的恩賜遊戲。「金剛鐵（Adamantium）」的原石即使還在岩層裡也散發出清晰可見的耀眼光芒，讓洞穴內部受到三原色的妝點。

明亮到甚至不需要點燈的洞穴如果拿來作為觀光景點，應該也會受到歡迎吧。黑兔在裁判用的舞台上觀察周遭，對今後的發展感到滿心期待。

（雖然作為礦山也很有用，但是把這樣的土地建設成礦山城鎮未免太可惜。也必須考慮該如何讓「風浪礦山」作為主要都市繼續發展！）

唰！黑兔豎直兔耳。

儘管箱庭如此廣闊，但同時擁有此等美麗景觀的礦山恐怕很罕見吧。講到土地特有的景觀，「Underwood」的大樹就是一個有名的例子，而這個「風浪礦山」的潛力也值得重視。只要有這種水準的土地作為基礎，曾經和十六夜他們討論過的超越「Underwood」的重建目標或許能在哪一天真正實現。

（啊，不能只顧著夢想未來，現在該專心擔任遊戲的裁判！）

黑兔站到位於洞穴各岔路中心的高台上，拿著「契約文件」並舉起麥克風。

「讓各位久等了！恩賜遊戲『金剛之礦場』的C組預賽即將開始！請參加者做好準備！重複一次——」

在散發出三原色光芒的岩層上，參加者們一起開始準備。

眼前的每一道光芒裡都蘊含著「金剛鐵」。

如果測定山脈一帶的蘊藏量，應該會得出超出常規的結果吧。只要取得用來製作諸神裝備的礦石，要一夕致富也不是夢想。以一般身分參加的「No Name」成員——春日部耀也在內心抱著對新恩賜的期待，並低頭看向「契約文件」。

「——恩賜遊戲名　『金剛之礦場』——」

參加條件：『Thousand Eyes』發行的金幣一枚。

※關於本遊戲的勝敗：

一、分為A～F組進行預賽，由採掘量最多者獲得各組的勝利。

二、接著採用多人互相對戰形式，由六名勝利者爭奪彼此挖掘到的礦石。

三、預賽時，可以由多人採掘之後再把戰果集中到一人身上。

四、正賽時，主辦者將出借「金剛鐵」製的裝備（參加者可任意決定是否使用）。

五、多人互相對戰的勝敗由預賽和正賽中獲得的採掘量總和來決定。

六、採掘到的礦石將收入恩賜卡內，因此恩賜卡被奪走等同於礦石被奪走。

※注意事項：

私下夾帶金剛鐵離開屬於違規行為。

所有違規行為都會全面傳達到裁判耳中，請放棄走私。

參加者報酬：將根據採掘量支付相對應的工資。此外，搶奪部分的工資將還給原本採掘到礦石的本人。

優勝者報酬：能夠使用採掘到的「金剛鐵」訂製武器，武器以外的物品則須討論。

宣誓：主辦者發誓會尊重上述內容，基於名號與旗幟，公正執行遊戲。

同盟代表『六傷』印」

耀看過注意事項後，理解般地點點頭。

（是嗎……以遊戲形式進行採掘，是為了確保人才和封鎖走私行為嗎？）

只要有具備「審判權限」的黑兔在，違規行為都會不由分說地遭到揭發。所以把非經許可私自帶走金剛鐵的行為本身設定成違規事項後，就不必擔心走私和侵占。

如此一來，就能夠一口氣確保大量人才和採掘成果。

（真是一箭雙鵰。要是我能獲勝，會成為一箭三鵰。）

耀鼓起幹勁。雖然已經擁有「生命目錄」這個優秀的武器，但這還是兩回事。優秀的恩惠即使有幾個都不嫌多。

她靜靜等待宣告開始的信號。高台上的黑兔確認時間後，伸直兔耳大喊：

「那麼，恩賜遊戲『金剛之礦場』──現在開始！」

鏘──────！銅鑼聲響遍整個洞穴。參加者們彷彿苦等已久般地發出嘶吼聲並同時開始行動。

耀把鶴嘴鋤放到旁邊，朝著岩壁伸出雙手。

只要利用鼴鼠的恩惠來挖掘岩壁，應該就可以輕鬆採礦吧。

然而光靠這個手段，感覺還是不夠踏實。

大略看過「契約文件」後，耀知道這場預賽並不禁止團隊合作。儘管最後只有一人能進入正賽，但可以靠著集中多人戰果的作法來通過預賽。這樣一來，實力不足的低階共同體也有勝算。趁著預賽時挖掘出大量的「金剛鐵」，然後只靠預賽的戰果，在正賽中則採用從頭逃跑到尾的手段──換句話說，就是人海戰術。

（因為會按照採掘到的分量支付工資，所以其他參加者可以輕鬆募集到人手。既然這樣，繼續使用普通的挖掘方式或許會有被淘汰的危險。）

不只為了通過預賽，也為了在正賽中取得優勢，耀想先趁現在多提升採掘成果。把手放在岩壁上的她決定再召出鼴鼠之外的另一個靈格。

（在「煌焰之都」遇到的巨人族的大叔，我記得他的種族名稱是──）

擁有百臂的巨人族── Hekatoncheir。

他們的恩惠是能夠大量召喚出不是實體的靈體手臂並以此作戰，於是耀也使用這個恩惠讓周圍出現蒼白的手臂。只要好好利用數量這麼多的巨大手臂，再同時配合鼯鼠的恩惠，可以算是已經拿下這場遊戲的勝利。

所以春日部耀立刻同時召出兩個恩惠。

——然而……

（————！！？％＆＄％＃！！！？）

轟！彷彿遭到鈍器毆打的衝擊竄過她的腦袋。

並非實際挨打，而是因為必須處理的情報量一口氣增加，導致大腦受到衝擊。

（嗚……好難……！）

仔細想想，人類是僅僅兩隻手臂都無法徹底運用的生物。例如就連用右手寫信，左手寫論文的動作，都必須受過相當訓練才有可能辦到。更不用說要讓過去從未使用過的大量手臂來各自進行作業，還要同時流暢運用鼯鼠的恩惠，這情報量的規模已經大到需要用到小型運算處理器了。

（總之，放棄鼯鼠的恩惠冷靜下來吧。就是因為想靠自身意識來操作所有手臂才會變得這麼困難，如果把注意力放到自律神經上，給予每一條手臂單一動作並使其自動進行，應該不會那麼困難……！）

「喝呀啊啊啊啊啊啊啊啊！」

當耀正在拚命增加手臂時，充滿精神的少女吼叫聲響遍洞穴。下一瞬間，傳出洞穴的一部分發生大規模崩塌的聲音。

應該是有哪個人在岩壁上挖出了個大洞吧，然而耀並沒有把注意力放在這方面。

她把視線轉往那個似乎在哪裡聽過的聲音來向，接著有點驚訝地瞪大雙眼。

「愛夏……！」

「嗯？這不是耀嗎！原來妳也有參加啊！」

特徵是藍色頭髮和哥德式蘿莉服裝的少女——愛夏．伊格尼法特斯站在崩塌的岩層上方俯視著耀。她也是代表「Will o' wisp」前來參賽吧。耀以詫異的表情觀察崩塌的岩層。看那些在堆積到比人還高的土砂中發出燦爛光輝的礦石數量，很明顯在預賽參加者中也處於領先。

「真……真厲害，怎麼做到的？」

「哼哼～！因為我是地精啊！只要稍微操作洞穴內的滲透壓讓岩層變脆弱，就會像這樣自己崩塌喔！簡單得很！」

愛夏露出自豪的表情。她是傑克與維拉從外界帶來箱庭的地精少女。不過雖說也是地精，但愛夏並不是梅爾那種純粹的地精。

根據傑克的說法，愛夏是被地震之類的天災波及而喪命，成為浮遊靈四處徬徨時被他們保護。

因為死後回歸土地和自然化為一體，所以轉生成為地精。

「是嗎……飛鳥通過預賽時，好像也是利用類似戰法來取得勝利。」

這就是梅爾、梅露露、梅莉露等三人也在礦山的原因。飛鳥借用她們的力量讓內含「金剛鐵」的岩層崩塌再把礦石收集進恩賜卡，最後通過預賽。

「就是這樣！這場恩賜遊戲是我等地精大展身手的舞台！哼哼！這次總算要由我獲得勝利了！」

哼哈哈哈！愛夏大笑著離開現場。

以前的耀應該會隨便應付了事，但這次的遊戲舞台不同。愛夏身為地精的屬性的確是一大威脅。

所以耀雙手抱胸開始思考該怎麼辦。

雖然主辦單位提供了鶴嘴鋤，但沒有必要老實使用。畢竟驅使恩惠以獲得勝利才叫作所謂的恩賜遊戲，或許這次也該採用更多變的手段來取勝。

（使用「生命目錄」大概就沒問題，可是我盡量不想在預賽就使用……嗯～傷腦筋。）

和三頭龍交手過後，耀針對「生命目錄」會造成的不利影響進行多次研究。結果，確定如果使用「生命目錄」來模仿最強種的恩惠，大約要花費一個月才能恢復靈格。

雖然會根據變幻成哪個最強種而產生差異，不過耀還是把這個時間設為期限來擬定戰法。所以這絕對不是該在預賽時使用的力量。

最重要的是，共同體的主力不該輕易展現出絕招，這是恩賜遊戲的常規。更何況以耀現在

的實力，至少想在預賽時先保存力量。

她重新振作起精神，只顯現出三條百臂巨人（Hekatoncheir）的手臂，並專心地想讓三隻手臂都自主行動。

（只要能讓手臂像心臟或內臟那樣自主運作，應該能一口氣提昇挖掘效率……！）

耀提高集中力，開始靈巧地操縱巨大的蒼白手臂。

先用第一隻手擊碎岩壁，接下來用第二隻手拿鶴嘴鋤挖掘，最後用第三隻手運出土砂。

總之，這樣算是湊成一組。現在的首要之務是要開始行動。

她很有節奏地重複一到三的流程，再慢慢增加更多組手臂。

三條、六條、九條……耀同時操縱多隻巨大手臂一起挖掘，鑿開發光的岩層。每一條以蒼白靈體形成的半透明巨大手臂都具備和春日部耀本身臂力同等的力量。包括巨人族和獅鷲獸、火蜥蜴等各式各樣的幻獸在內，她身上擁有從數百種動物身上分到的恩惠。

對現在的耀來說，就算是堅固的岩層也和壁紙沒有兩樣。靈體手臂轉眼之間就粉碎岩壁往內挖掘。

（完成手臂的自主化……！這恩惠比原本預估的還厲害……！）

若能把這麼大的力量灌注到複數的靈體手臂中，並且同時使用，那麼即使面臨亂戰也能期待十二分的成果。而在一對一的戰鬥下，應該也能建立千變萬化的戰術。

意外的收穫讓耀內心情緒有些高昂，她繼續挖掘岩層。

按照這進度，成果大概不會輸給愛夏。當耀正打算再增加新手臂以提高效率時，洞穴內傳來愛夏的慘叫聲。
「你……你們幹什麼！那是我的恩賜卡！」
「哼，小小地精居然擁有恩賜卡，真是暴殄天物。」
「弱小精靈應該要有自知之明，去耕田才符合身分。」
除了愛夏的怒吼聲，還有她遭受到的凶狠言論。
擔心是不是出了什麼事的耀豎起耳朵注意情況。
「格里菲斯大人，請看這個地精小丫頭挖掘到的礦石量！」
「在預賽中毫無疑問是頂級水準！」
「哦？區區地精能累積這麼多礦石還算有一套，我就心懷感激地收下吧。」
——格里菲斯？這個似乎在哪裡聽過的名字讓耀側了側腦袋，而且還聽到了某些無法當成耳邊風的危險發言。
她暫時停下挖礦的手，轉身面對傳來慘叫聲的方向……
「好，那就先把這丫頭綁起來，再去找下一個目標吧。採掘量愈多愈好，要從其他參加者手上也……」
「嘿！」

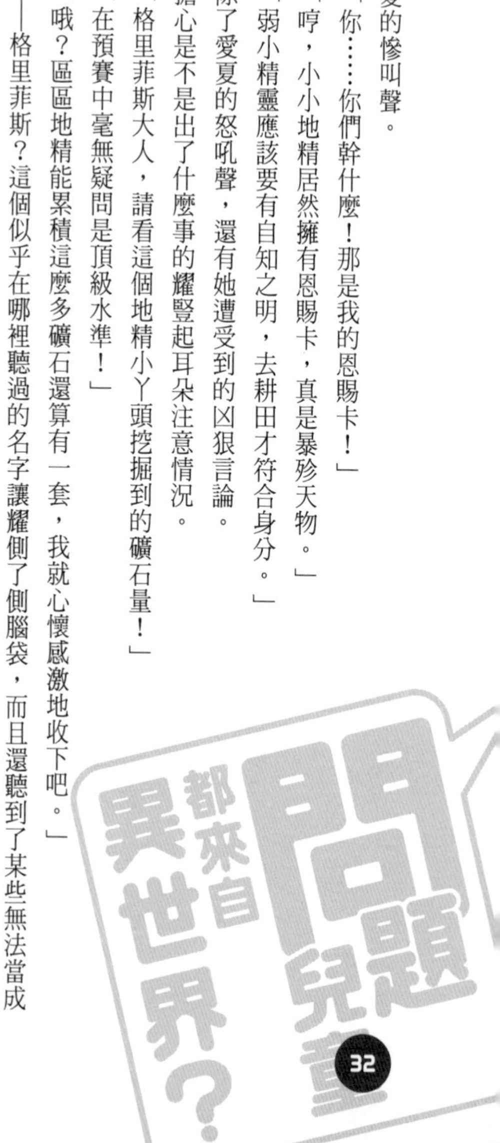

「嗚啊啊啊啊啊被幹掉啦啊啊啊啊啊啊啊啊啊！」

總之，先揮拳把對方打飛出去。

被打的格里菲斯等人撞破岩層，飛向場外。耀並非是像十六夜那樣靠一拳解決，而是利用百臂的恩賜來多次毆打，但效果超乎想像。

……只是，她果然還是覺得似乎在哪裡見過剛才那些傢伙。

不過，春日部耀這個人才不會記住無關緊要的人物長什麼模樣。

換了個心情之後，耀歪著腦袋，把手伸向愛夏。

「愛夏，妳沒事吧？」

「啊……嗯。是說救我真的好嗎？」

「？這次是挖礦遊戲吧？在預賽階段就開始搶奪行為違反了遊戲的宗旨，那樣做並不公平。」

「話是那樣說沒錯啦……唉，算了。」

說了聲謝謝後，愛夏很不好意思地別開頭。雖然她看起來並沒有完全服氣，但似乎還是心懷感謝。個性好像變得比以前率直了些。

耀也帶著笑容點頭。兩人原本打算重新展開挖礦作業，洞穴內突然響起的雷鳴聲卻衝擊她們的耳朵。

「——妳這個猴子小丫頭又想來礙我的事嗎！」

伴隨著轟隆雷鳴出現的第三幻想種——獅鷲獸和龍馬的混血貴種——「駿鷹」格里菲斯如風般掠過兩人身旁。

看到這外型，耀終於回想起他是誰。

「你……難道是被趕出『Underwood』的『二翼』的馬肉先生？」

「妳說誰是馬肉！」

格里菲斯・格萊夫喘著粗氣大聲怒吼。他是德拉科・格萊夫的親生兒子，也是獅鷲獸格利的異母兄弟。幾個月前，牠曾在「Underwood」收穫祭中舉辦的恩賜遊戲「Hippocamp的騎師」這場競速遊戲裡和耀交手。

「真讓人吃驚，原來你離開『Underwood』後來到東區。」

「哼！只是因為我判斷這裡比南區更值得開拓。而我的預測很正確！只要能在這場遊戲中獲得以『金剛鐵（Adamantium）』製造的武器，要把活動根據地上移到五位數也並非不可能！像你們這些無名的區區小卒竟然敢打『金剛鐵』的主意，實在是太過不知天高地厚！」

「啊……噢。」

「是……是喔。」

兩人似乎很困擾地回應。

雖然他如此主張，但原本耀和愛夏都是主辦者方的成員。即使沒有參賽，也肯定會和這次的遊戲有某種形式上的關聯。

然而格里菲斯對這事實一無所知，牠抬高龍角怒吼：

「不過這次是個好機會！我之前曾遭受妳的侮辱，趁現在把這筆帳算清也不錯！做好覺悟了嗎？只會無腦模仿的猴子小丫頭！」

「啊……好。」

在情勢影響之下，耀也擺出備戰態勢。回顧「Underwood」那時的戰鬥讓她覺得對方似乎是個有相當實力的敵人，不過很遺憾，她對這傢伙實在沒有留下什麼印象。

——那時候是怎麼打贏的？

耀一邊想著這種事一邊準備應戰。

格里菲斯對耀的這種心態自然無從得知，如猛獸般怒吼：

「GEEEYAAAaaa！」

接著牠把頭上長出的龍角前端舉向前方，朝著耀展開衝刺。下一瞬間，洞穴內響起轟隆聲響。雙方的衝突讓地面嚴重下陷，讓人擔心洞穴是否會陷落的衝擊四處亂竄。

然而耀完全沒打算閃避。她用腋下夾住龍角，成功留在原地。

「什麼……！」

格里菲斯發出混合了驚嘆和苦悶的聲音。這也難怪。

耀上次是用出麒麟之矛才好不容易擋住這衝刺，現在卻接招得如此輕鬆。對於不清楚她曾經克服過何種絕境的人來說，這進化想必令人難以置信。

使用出巨人族＋α的恩惠後，耀把化為鷲龍的格里菲斯甩向岩壁。

「嗯……嘿！」

「嗚！」

格里菲斯的身體壓著右邊翅膀激烈撞上岩壁，雖然大概沒有骨折，但這下要飛行已非易事。即使牠勉強起身，受到的損傷仍舊不輕。

帶著滿心恨意狠狠咬牙的格里菲斯以馬蹄刨著地面。

（好……好強！區區猴子是怎麼得到此等力量……？）

格里菲斯雖然愚昧，但並不是真的那麼無知。「歷經一次攻防就評估出彼此力量差距多大」這種程度的事情，對他來說是輕而易舉。

既然力量差距大，就用速度來擾亂對方吧。打著這主意的格里菲斯發出嘶吼並開始急速奔馳。

「GEEEEYAAAaaa！」

「——喂！別在這種地方開始戰鬥啊笨蛋——！」

就在旁邊目睹春日部耀和格里菲斯發生激烈衝突的愛夏為了避免遭到波及，拔腿全力衝向洞穴入口。儘管她擁有在這場遊戲中占有優勢的力量，但充其量也只是個地精。萬一被捲入兩人的戰鬥，三兩下就會完蛋。

一般的參加者們也是一樣。

之前拿著鶴嘴鋤邊吆喝邊挖礦的眾人被洞穴裡響起的雷鳴聲嚇得心驚膽跳，紛紛開始逃跑。

跟隨格里菲斯的部下們也握著鶴嘴鋤大叫：

「糟了！格里菲斯大人又抓狂了！」

「這下根本無計可施！我等也逃吧！」

部下們爭先恐後地逃離。這種行為或許看起來很欠缺責任感，不過在下層，實在很難找到力量大到足以介入兩人戰鬥的人物。

如果是擔任裁判的黑兔應該有能力插手仲裁，然而很遺憾，她現在正一手拿著煎餅配著茶水閒閒地晃過來又晃過去。所以兩人這場不受限制的戰鬥更是越演越烈。

以馬蹄在地面刨出痕跡往前衝的格里菲斯大吼：

「可惡的猴子小丫頭……試試這招！」

長著龍角的牠從體毛放出閃電，在洞穴內毫不受限地四處跳躍。

由獅鷲獸與龍馬混血而成的格里菲斯解放被稱為「駿鷹」的第三幻想種靈格，在空氣中製造出甚至能以肉眼辨識的巨大漩渦，往耀的方向逼近。

包圍住牠的旋風就像是鑿岩機那般粉碎並吞噬周圍的物質，要是被捲進去，人類的身體恐怕會被攪成碎肉吧。

雖然這場恩賜遊戲禁止殺人，然而已經氣昏頭的格里菲斯根本沒有餘裕去顧慮到這些。甚至牠的聲音裡還帶著明確的焦躁。

耀用「生命目錄」模仿幻獸「馬可西亞斯」，準備對應格里菲斯的衝撞。她沒有表現出想閃避的跡象。雖然讓人難以置信，但她似乎是打算從正面接招。

邊逃跑邊觀察戰況的愛夏臉色蒼白地大叫：

「妳……妳是笨蛋嗎！那種攻擊怎麼可能擋得住？總之妳快逃啊！」

即使愛夏催促耀逃走，但雙方的衝突已經不可避免。

耀擺出雙手伸向前方的姿勢，做好因應格里菲斯攻擊的準備。

「不要緊，這種程度沒有問題。」

「居……居然敢講這種大話！猴子小丫頭——！」

身上纏繞著閃電和旋風的鷲龍大吼。

已裝備「馬可西亞斯」裝甲的耀以兩手接下，同時一口氣解放自己獲得的恩惠。

「獅鷲獸」。

「光翼馬」。

「火龍」。

「百臂巨人」。

還有在上次戰事中由鵬魔王授予的恩惠——「大鵬金翅鳥」。

讓五種恩惠同時顯現的耀身邊聚集了力量漩渦，數十隻纏繞著璀璨羽翼與金翅火焰的巨大

鐵拳為她形成堅固守備。

和魔王聯盟「Ouroboros」以及三頭龍戰鬥後，耀獲得了無數的恩惠。和前往「Underwood」那時相比，戰鬥實力的次元根本不同。

即使看在旁人眼裡，格里菲斯的劣勢也是一目了然。

然而對已經化為翼龍的格里菲斯來說，退卻是不可能的選項。

再怎麼說牠都誕生於掌管勇氣的系譜，棄戰逃走是不會被原諒的行為。

「GEEEEYAAAaaa！」

這完全是有勇無謀，即使明知將會敗北，鷲龍也沒有停下腳步。

縱使牠已經如同鑿岩機，但這種程度的力量連紙老虎都算不上。巨人族的手臂轉眼間就突破了大氣之壁。

璀璨羽翼與金翅火焰和巨人之拳一起擊潰了鷲龍。

「嗚嘎啊啊啊！」

鷲龍發出慘叫——或者該說是彷彿體內空氣炸開般的聲音，之後口吐白沫。依舊用巨大拳頭把牠緊握在手裡的耀慢慢地把手放向地面。

格里菲斯邊痙攣邊失去意識。看到這無可挑剔的完全勝利，牠的部下們全都丟下主人一口氣跑得無影無蹤。雖然可能會被視為不忠，不過這也是理所當然的反應。畢竟這根本已經不能算是對戰了。

利用土砂當掩護旁觀戰況的愛夏眨著眼睛猛吸一口氣。

（真的假的……明明耀在幾個月前，實力應該和我差不了多少啊……）

兩人大約是半年前在「火龍誕生祭」上相遇。

當時愛夏和耀之間只有些微的實力差距，大概是勝利天秤會因為看誰的能力比較適合遊戲性質而倒向某一邊的程度。

明明原本是那樣——然而短短數個月後，兩人實力已經出現了根本無法跨越的差距。

似乎完全沒有注意到愛夏這種複雜視線的耀走向格里菲斯。

確認牠失去意識後，耀輕輕嘆口氣，拿走格里菲斯持有的恩賜卡。

「這是愛夏的分……還有既然有機會，把這些人的礦石也收下吧。」

耀從羽毛內側拔出幾張恩賜卡。雖然她說過出手搶奪的行為違反遊戲的宗旨，然而對手主動挑起戰端的情況就不在此限。

畢竟碰上人找碴就該還手，勝利者從敗北者身上搜刮戰利品也符合世間常理。

回收愛夏的恩賜卡後，耀走向躲在土砂後方的她身邊，開口說道：

「來，愛夏。這是妳的恩賜卡。」

「啊……噢，謝——」

正好這時。

鏘————————！

銅鑼聲響遍整個洞穴。

「……啊……」

「咦……？」

明白這聲音代表什麼意義的兩人同時臉色凝重地叫了一聲。

春日部耀的手中還握著——包括愛夏那張在內的四張恩賜卡。

「時間到！遊戲到此結束！目前擁有最多『金剛鐵（Adamantium）』的參加者是——喔喔！居然是我等『No Name』的春日部耀選手！」

「咦……等……等等！」

春日部耀感到很焦躁，她明白自己的累計量裡肯定算進了愛夏挖到的礦石。然而黑兔對這點一無所知，只是「唰！」地伸直兔耳，敲響銅鑼。

這樣不行，如果勝敗就此決定，會影響到遊戲的正當性。

耀正打算去抗議，然而愛夏卻抓住她的手。

「別這樣，這張恩賜卡是妳搶回來的，判決並沒有錯。」

「可……可是……」

「就說沒關係！我的意思是即使靠妳贏了遊戲也只會讓我覺得很丟臉！」

「這不是丟不丟臉的問題！而是遊戲公平性的問題！以這種形式獲得勝利，我也高興不起來！」

耀難得地大聲反駁，愛夏卻搖了搖頭，綁成雙馬尾的藍髮跟著晃動。

遊戲的神性是建立在公平的法律（規則）之上。正因為參賽者遵守規則彼此競爭試圖凌駕對方，才能夠在不留遺恨的情況下決出勝負。因此，像這樣的結果不應該被接受。

愛夏也明白耀的主張。她似乎有點尷尬地把瀏海往上撥，沉默了一陣子之後，才以平靜的聲音開口：

「如果妳實在感到無法接受……那晚一點就給我一些時間吧。」

「時間？」

「對，關於『Will o' wisp』移居到東區一事，有很多問題想商量。而且我本來就想找機會和妳好好聊過一次，我看乾脆也找黑兔一起來吧。」

「可……可是……」

「好了就是這樣！就像妳有妳的想法，我也有我的考量！」

輸給愛夏的氣勢，耀僵硬地點點頭。如果是平常的愛夏，即使提出更多怨言也是正常，因此這反應反而讓耀感到困惑。然而馬上就要開始準備下一場遊戲，她還來不及發問，參加者們就紛紛撤離現場。耀也不得不離開。

或許「Will o' wisp」發生了什麼問題？在腦海角落裡想著如果有機會就要問問詳情的耀和愛夏一起走出洞穴。

第二章

——「No Name」根據地，居住區遺跡。

身穿燕尾服頭戴圓頂硬禮帽的老紳士……死神(Grim Reaper)克洛亞．巴隆與女僕長蕾蒂西亞，以及「Will o' wisp」的領導人維拉．札．伊格尼法特斯正在一起巡視已經殘破不堪的「No Name」廢墟街。

克洛亞俯視廢墟街，輕輕嘆了口氣。

「……真慘，比想像中還嚴重。我看先整個剷平再重來或許會比較好。」

他拿起廢料，用力一握。

於是，那東西發出清脆聲響整個粉碎。

乾涸的路面出現裂痕，還四處都可以看到似乎快要凹陷的地方。如果就這樣繼續棄置不管，說不定會整片地面都裂開下沉。

沙塵隨風飛舞的這裡已經不是能住人的土地。

克洛亞把圓頂硬禮帽的帽沿往上頂，環顧四周。

「雖然地精小姑娘們也有在努力，但光是農地就忙不過來了吧？既然這樣，乾脆奉請哪位土地神來此地會是較為妥當的做法。」

克洛亞按著圓頂硬禮帽，思考重建計畫。

然而聽到他的提案，身為女僕長的蕾蒂西亞面露難色。

「你說這什麼蠢話。這塊土地代代都是由莉莉他們一族守護，我等只是租用。要是我們擅自決定招請土地神，豈不算是背棄道義的行為？」

「噢，話說起來以前成員中的確有宇迦之御魂神的狐狸使者。既然還有神格持有者的直系留在共同體裡，這樣正好。稻荷大社那邊會由我通知一聲，去領取新的神格吧。」

聽到克洛亞一派輕鬆地講出這種不得了的發言，讓蕾蒂西亞大吃一驚。

「……等等，你的意思該不會是要讓莉莉繼承神格吧？到底要怎麼做……」

「這點小事，只要有我和阿爾瑪小姐的推薦函就沒問題了吧？原本莉莉小姑娘就是宇迦之御魂神的直系眷屬，現在或許還不成熟，但一邊修行一邊申請神格也不是什麼難事。像莉莉小姑娘那麼努力的孩子，對方應該也會願意給個暫定資格。」

克洛亞把圓頂硬禮帽往下壓，帶著確信說道。

蕾蒂西亞雖然因為這個實在亂來的提議而一時語塞，但同時也認為確實是個出人意表的高招。

儘管總是遭人遺忘，但這男子依舊是優秀的主祭神之一。要是再加上豐饒神阿爾瑪特亞的推薦，或許真的不是什麼難事。

「狐狸使者不算高階的神格，不過受到農業、工業、商業等廣泛領域的信仰。如果要從零開始進行都市開發，遲早都會成為必要條件。既然要修行，趁早開始也好。而且如果沒有快點整修城鎮，『Will o' wisp』移居的事情也無法有進展吧？」

「這……的確是那樣沒錯。」

蕾蒂西亞看向陪在旁邊的維拉。

——三頭龍之戰後，「Will o' wisp」的成員寄居到「No Name」的根據地。這是因為他們單獨住在北區會有危險，所以才把根據地移來這裡。雖說「No Name」根據地什麼都缺就只有房間不缺，不過一口氣增加總數超過五十人的孩童，果然還是會顯得擁擠。因此他們認為也差不多該開始計畫如何重建居住區域的廢墟，然而身為領導人的維拉並沒有明確的方針，只是很困惑地把視線朝下。

「對不起，因為以前經營共同體的事情全都交給傑克負責……所以我還不太明白到底該怎麼辦才好。」

維拉晃著藍髮，一副垂頭喪氣的模樣。

身為參謀的傑克已經不在了。

為了打倒三頭龍，他成為魔王，付出生命。

不用說，過去「Will o' wisp」實際上的經營權是掌握在他手上，成為共同體少數收入的工藝品也幾乎都是由傑克負責製作。

以一個組織來看，即使判斷「Will o' wisp」已經半殘也不算講得太過分。如果要說他們還有什麼價值，頂多只剩下身為北區數一數二強者的維拉還隸屬於共同體這點。

對「Will o' wisp」這種現狀一清二楚的克洛亞把視線放到維拉身上。

「維拉小妹，我很同情你們的慘狀，對傑克的行動也抱持敬意……不過就算是這樣，身為領導人的妳卻是這副樣子，像話嗎？以後應該要靠妳來守護共同體吧？」

「啊嗚……」維拉垂下雙肩。

雖然聽起來很嚴厲，但這次實在不能太過寬容。「No Name」可以提供支援，也可以幫忙轉移根據地，然而要保護並促進共同體成長的當事者不是他人，正是「Will o' wisp」的同志們。

戰後過了三個月。

對犧牲者的追悼儀式已經結束，哀悼和悲傷的時間都過去了。

身為組織的領導人，維拉有義務決定組織的方針。因為優秀的參謀，像父親一樣照顧大家的傑克已經離世。

看到維拉垂著頭欠缺自信的模樣，蕾蒂西亞露出溫柔的笑容。

「雖然克洛亞那樣說，但這事並沒有那麼緊急，慢慢學就好。幸好維拉妳擁有的靈格和克洛亞有許多類似點，只要有能學的事情，就一一學起來吧。」

「嗯，對此我也感到贊同！我會負起責任，拉手把腳地……」

「萬一被性騷擾，立刻來找我商量。我會從跨下狠狠地地把這傢伙刺穿。」

美麗的金髮女僕長用力握拳。

感受到空氣變冷，克洛亞把圓頂硬禮帽往下壓。

維拉雖然有點被氣勢嚇到，不過面對設身處地為自己著想的兩人，還是抬起臉點了點頭。

「那個……謝……謝謝你們。身為同盟共同體，希望能互相切磋琢磨。」

「我們這邊才要請妳多指教，維拉。希望我們和『Will o' wisp』可以締結永久的同盟關係。」

「話雖如此，但目前為了墊付生活費，應該會要求妳在『No Name』負責一些雜務工作吧。我們已經訂製了符合妳身材的女僕服，晚點可以試穿看看。」

「啊……是！」

維拉帶著緊張，堅強回答。

蕾蒂西亞再度環視廢墟街。

「目前在『風浪礦山』進行的遊戲似乎要設為每月舉辦的定期祭典。等『金鋼鐵（Adamantium）』的採掘和流通都上軌道後，就可以獲得大筆資金。只要讓居住區域復活，應該能取回過去的熱鬧景象吧。即使是尚未處理的礦石，『六傷』和『Thousand Eyes』之類的大型商業共同體應該也會願意經手……」

「——關於這點，我也有些想法。」

老紳士抿著嘴笑了。話講到一半就被打斷的蕾蒂西亞不太高興地皺起眉頭。

「……怎麼？你有異議嗎？」

「不不，不是那樣。只是根據今後的交易情況，乾脆把挖掘出的『金鋼鐵』全都交由『六傷』來專賣或許也不錯。」

什麼？蕾蒂西亞疑惑地反問。

忍著笑意的克洛亞露出得意表情，瞇起眼睛。

「傷腦筋，現在的十幾歲就已經是黃金期了嗎？沒想到那個嘎羅羅的兒子居然擁有那等天賦才能，難怪之前成了枯木的蛟劉會願意收他為弟子。哎呀～波羅羅小弟真行，真的很行，實在讓人期待他的將來。」

克洛亞講出不帶諷刺意涵的稱讚話語，性格扭曲的他很少這樣。

看向對方的蕾蒂西亞和維拉都不解地歪了歪頭，然而克洛亞只是露出別有深意的笑容，並沒有進一步回答。接著他把橡木製手杖轉了一圈，咧嘴一笑露出犬齒。

「……對了，講到『風浪礦山』讓我想到……妳們打算怎麼處置那個俘虜？」

「俘虜？」

「就是魔王聯盟——『Ouroboros』的少年，有抓到他吧？」

「那種狀態也不知道能不能算是『抓到』，總之現在寄放在蛟劉兄那裡。」

克洛亞和蕾蒂西亞都面露難色，維拉則微微側著頭似乎沒弄清楚狀況。

「俘虜是指誰呢？」

「是『Ouroboros』的『原典候補者』……這樣說妳大概還是不知道是誰吧？被稱為殿下的『Ouroboros』幹部之一在三個月前的戰事後向我方投降，妳之前應該也有見過他。」

聽到這話，維拉拍了下手。她邊轉著手指，邊回憶被綁走時的情況。

「呃……是那個白髮金眼的男孩嗎？」

「就是他，而且他也是這次事件的罪魁禍首。雖然有很多人的意見是希望能將他處刑，然而目前仁小弟和珊朵拉還在對方手上，所以說不定有機會交換俘虜。畢竟他對那些人來說依舊是個重要人物。」

殿下——率領魔王聯盟「Ouroboros」在前線戰鬥的少年。

他在與三頭龍的戰鬥中出手幫助春日部耀，而且還把力量借給逆迴十六夜，不過仍無法確定他到底是打著什麼算盤才前來投降。因為在這三個月內，他一直保持緘默。

此事造成了「階層支配者」們的困擾。能關住那種強者的牢獄實在有限，現在是把他關在「風浪礦山」裡被「金鋼鐵」包圍的天然封印牢中。然而殿下若有意逃走，應該可以破壞牢獄並脫逃吧。

「如果要交換人質，希望對方可以早點派出負責交涉的人。把他留在手中對我等並沒有好處。畢竟現在最終考驗已經全被打倒，沒有理由殺死原本是競爭對手的他。」

「是這樣嗎？」

「就是這樣。近期內，箱庭中樞應該會針對十六夜小弟做出什麼行動。因為就算沒有公開

的正面衝突，但我等已經艱苦戰勝了『Ouroboros』。」

艱苦戰勝——這種彷彿曾在遊戲中交手過的表現方式，讓蕾蒂西亞和維拉兩人有點不高興。不清楚內情的她們會有這種感覺也是無可奈何的反應吧，要解釋這方面的緣由，需要時間和適當的地點。

克洛亞轉動橡木製手杖，用前端撐著地面並開口宣布：

「好了！事前巡視才剛開始，女僕長和女僕見習生！必須在這幾天就製作出簡單的略圖，開始為了重建採取具體行動才行！」

「別跳出來指揮雜務工作。現在是我的職位比較高，要是認為自己是以前的老成員就會獲得特別待遇，那可是大錯特錯。」

聽到蕾蒂西亞如此指責，克洛亞聳了聳肩。就算再度重返共同體，也不代表以前的地位能跟著回來，其實他失去了相當多的事物。

只能展現出有能力的一面並腳踏實地做事嗎？克洛亞苦笑之後，三人再度為了製作廢墟街的略圖而開始移動。

＊

前去參加同盟會議的十六夜、飛鳥以及梅爾三姊妹來到礦山為數不多的休憩地點，「六本傷」的咖啡廳分店。

知道是位於礦山下方的咖啡廳，一般會讓人擔心衛生問題，然而這方面處理得很周密。為了避免塵土進入露天咖啡座，這裡操作氣流製造出風之屏障覆蓋住店鋪，並設置了開放性空間。

附近的河川上游似乎長有水樹，水質乾淨新鮮到了通徹透明的程度，要拿來沖泡紅茶也沒有問題。只要能大幅拓展用地，應該會成為一間隱藏名店吧。

一行人被帶往一片特別寬廣的露天區域。

咖啡座那邊已經有同盟對象的「六傷」年幼首領．波羅羅．干達克和「Perseus」的首領盧奧斯坐著等待。

一看到十六夜的身影，盧奧斯立刻站了起來。

兩人視線一對上，十六夜就像發現新玩具的猛獸，帶著賊笑迅速來到盧奧斯身邊坐下。

「能來還真不錯啊，盧盧。恭喜通過遊戲預賽，看來你很努力嘛。」

「吵死了給我閉嘴，聽到你的祝賀只會讓我覺得噁心。別自以為高人一等，還有也不准叫我盧盧。」

「別這樣說嘛盧盧，我也會加油通過預賽，正賽時要請你多多指教啊。基於同盟的情誼，我們就來包辦前兩名吧。」

掛著賊笑的十六夜拍了拍盧奧斯的肩膀。依然站著的盧奧斯以似乎尷尬到極點的態度冒著

冷汗轉開視線。雖然雙方的態度都很沒禮貌，不過盧奧斯也是有相應的理由，難怪他會這樣。

對盧奧斯來說，十六夜是導致共同體崩壞的罪魁禍首。儘管他本身也有責任，但毫無疑問給出最後一擊的人的確是十六夜。

盧奧斯的神經還沒粗到可以若無其事地和這種對象比鄰而坐。

至於十六夜是考量到他的這種心情才會努力地親切搭話，然而看在旁人眼裡只是單純在欺負人。

飛鳥看著十六夜開心虐待盧奧斯的模樣，似乎很傻眼地嘆了口氣。

「十六夜同學，他再爛也是同盟對象，別欺負人了。」

「等一下，那邊那個紅色的傢伙，別那麼自然地罵我爛！」

「對啊，盧盧只是剛開始爛而已。」

「什麼叫剛開始爛！」

「哎呀，這樣說來的確沒錯。」

「妳居然立刻同意！是說意思根本一樣吧！」

「你真傻，這代表現在是最棒的時期啊。」

飛鳥掛著不以為然的笑容，十六夜則呀哈哈地笑出聲音。

「No Name」與「Perseus」之間有著算是嚴重的舊怨。

不過，也是共同面對魔王，一起跨越生死關頭的同伴。

他們從參加同一作戰的春日部耀那邊聽說，盧奧斯本身已經具備想往正道前進的意志。因此才會姑且先拋開過去的衝突，共有同一面同盟旗幟。

話雖如此，那只是書面上的同意。人類的感情沒有那麼單純，也難怪盧奧斯會露出一臉尷尬的表情。

同樣身為同盟對象的「六傷」首領波羅羅忍著笑意把談話內容拉回正題。

「感情融洽是好事，但彼此都到此為止吧。因為今天是來討論正事，而且我還想介紹一個人給你們認識，拜託要保持禮儀。」

「介紹一個人給我們認識？」

「對，我們找到願意投資『六傷』今後事業的贊助人，所以想說趁這個機會先讓彼此見個面會比較好。」

「哦？是哪個共同體？」

「等對方到達之後就會介紹。如果沒有意外，差不多該來了。」

「了解——那麼，貓耳小不點少爺這次要商談的主題是什麼？如果是『金剛鐵』的專賣契約，除非能給我方相應的好處，否則無法答應喔。」

十六夜露出帶著挑釁的笑容，波羅羅也同樣咧開嘴巴展現凶猛笑容。這樣看起來真的很像貓科動物，宛如已經盯上獵物的小獅子。

波羅羅從行李中拿出一疊畫有複雜圖案的紙張——看起來像是設計圖。

「其實在聽說你們持有『金剛鐵』的礦山之後，我就去拜託矮人族設計了。畢竟沒有其他種族比那些傢伙更擅長處理鐵。」

「既然說是設計，果然是打算製造什麼東西嗎？」

「是啊，這就是那東西的設計圖——通稱『精靈列車』。」

波羅羅拍著整疊設計圖，一臉自豪。

聽到這出乎意料的提案，十六夜和飛鳥驚訝地面面相覷。

「呃——『精靈列車』是什麼呢？靠精靈的力量驅動的列車？」

飛鳥歪著頭提出疑問。她原本滿心以為金剛鐵會被用來製造裝備或堡壘，因此實在無法理解這個提案。

然而波羅羅卻雙眼放光，豎起貓耳得意一笑。

「沒錯，『精靈列車』就是利用精靈的恩賜與通道的列車。雖然箱庭如此廣闊，但因為便利性等問題，通常只有『境界門』附近會被開發成都市吧？所以應該還有很多未受到開發直接被丟著不管的森林、海洋以及資源，或是未開拓地區的遊戲。」

「『精靈列車』就是為了要串連起這些？」

飛鳥更不解地歪著腦袋，而她旁邊的十六夜則雙手抱胸開始思考。

「的確，光是箱庭都市下層的圓周就有數百萬公里，應該有哪些土地尚未受到開發。不過就算製造出列車，我也不認為能夠彌補交通不便的問題。」

「是啊，像『馬頭魚尾怪（Hippocamp）』貨物船和怪鳥們的飛行船不是比較好嗎？」

實際上，在箱庭中有許多共同體以此為業。

「龍角鷲獅子」的「二翼」也算是其中之一。雖然無論哪個時代都會需要運輸共同體，然而既然要負責重要的貨物，信賴與實績可以說是不可或缺的條件。而箱庭裡已經存在著眾多擁有幾百年傳統的共同體，因此新人想要跳入這一行是件難事。

但是波羅羅卻搖了搖頭，伸手指向「精靈列車」的設計圖。

「你們似乎有什麼誤解，但我並不是想要製造普通的列車。你們知道精靈和惡魔們使用的通道——也就是『靈脈』嗎？」

「靈脈？」

「啊，這我或許知道。是不是指『Will o' wisp』利用提燈火焰進行來瞬間移動時使用的恩惠？」

飛鳥舉起右手回答後，波羅羅對她點點頭。

「有點不同，但算是類似。簡單來說，你們就把靈脈當作這世界的血管，是為了讓自然界中流動的恩惠能夠順暢運行而存在的東西就對了，而精靈和惡魔可以通過這些靈脈瞬間移動到遠方。至於紅色大姊姊剛剛講到的提燈恩惠，或許是靠藍色大姊姊的力量來創造出類似靈脈的通路。」

聽到波羅羅使用的叫法，讓飛鳥有點不高興。

雖然她聽得出來紅色大姊姊是指自己，藍色大姊姊是指維拉，然而為什麼不管是珮絲特還是波羅羅都要用「紅色」來作為她的代稱呢？

「算了，也沒有關係。重點是所謂的『精靈列車』，就是能在那個靈脈上高速移動的列車嘍？」

「正是如此，因為『金剛鐵』是能附加上各式各樣恩惠的萬能金屬。再加上湊巧的是，剛剛提到的靈脈——箱庭的血管大量匯集使得許多恩惠聚在一起的地點，正是這個『風浪礦山』！」

波羅羅似乎很興奮地攤開礦山的地圖。

受到他的影響，十六夜和飛鳥也看向地圖。

「我應該有說過這礦山的『金剛鐵』埋藏量不正常吧？」

「這事我有聽小不點少爺提過，似乎是連神域也不可能出現的埋藏量。」

「就是那樣。『金剛鐵』和『神造貴金屬』這類『星之恩惠』是靈脈耗費幾百幾千的年月後才會孕育出的恩惠，所以不可能自然產生如此大量的礦藏。所以我產生一個想法，推測或許這個『風浪礦山』……其實是有人刻意扭曲靈脈的流向，為了強制恩惠集中於此而對土地本身進行了大規模的改造。」

「改造土地？」

「沒錯！強力的靈脈……也就是等同於動脈的靈脈大略可以分為三種。例如河川和海洋之類的水流，地殼下流動的熔岩和樹木形成的腐葉土，還有颱風等氣候現象。如果能針對這些進行精密計算，以人工製造出山河或海洋促使靈脈聚集，那麼或許也有可能故意形成恩惠的聚集點。」

啥？飛鳥發出變了調的驚叫聲。再怎麼說，這番推論也太荒誕無稽了。

的確，如果能人工製造出山脈或海洋，那麼大概也能夠操縱氣候。

因為孕育出颱風和暴風雨的根源正是山與海。

十六夜思考到這裡，突然表現出像是想到了什麼相關例子的反應。

「難道……參加『Hippocamp 的騎師』時看到的『山頂大海』也跟這事有什麼關係嗎？」

十六夜來到箱庭後，第一次見到的大海景象。

就是在「Underwood」大河上游出現的「山頂大海」。當時十六夜還以為是箱庭構造的問題，不過如果是人造物，那麼基本上就能理解為什麼會出現那麼矛盾不合理的地形。

聽到十六夜的提問，波羅羅帶著得意笑容回答：

「大爺果然敏銳。我也很好奇山上為什麼能匯聚足以形成海洋的水量，所以去請教了老師，結果那個山頂大海的水似乎和從『世界盡頭』往下落的托力突尼斯大瀑布互相循環。換句話說，那裡隨時都有水從天而降。」

「……意思是從『世界盡頭』摔下去後，會掉進那片山上的大海裡？」

「就是那樣。之後從南區通過水樹沿著大河前進，經年累月後來到東區的這個『風浪礦

山』，再朝著托力突尼斯大瀑布流去。」

要讓土地豐足的必要條件，就是不能截斷巨大的流勢。

清澈的流水，豐饒的土地，吹過山海的風。

在箱庭中，有人通過「世界盡頭」製造出這種靈脈之流，形成這片聚集了龐大恩惠的土地。

「製造者該不會就是你的老師……『覆海大聖』吧？」

「嗯，老師他似乎也有參一腳，畢竟那個人擁有千山千海的靈格。不過聽說是前『No Name』的成員們活用相關知識製造出來的成果。」

十六夜「哦～」了一聲，以似乎不以為然的態度雙手抱胸。既然是前「No Name」成員製造出來的土地，就代表這事和金絲雀也有關係吧。

如果是她，的確很有可能做出這種大張旗鼓的行動。

畢竟她在外界時也非常喜歡大規模又誇張的建築物，甚至每次看到都會興奮得雙眼放光。

說不定目睹伊瓜蘇瀑布附近的伊泰普大壩時，金絲雀也回想起她自身和同伴們一起成就的偉業。

「嗯，總之我明白靈脈聚集在此地的情況了。那麼，你打算怎麼把這點利用到運輸上？——不，我問得直接點好了，列車的時速大概有多少？」

既然要插手運輸業，要是沒先弄清楚這點，後續根本不需討論。想在廣闊的箱庭中往來，應該會需要相當快的速度吧。而且若想勝過其他共同體的傳統與信賴，那麼便利性要是無法遠遠淩駕於這些條件上，一切全是空談。

不過波羅羅卻笑了笑，表示這點也不需擔心。

「在靈脈中移動和模擬空間跳躍很類似。只要能夠實現，雖然僅限有靈脈流經的地方，但有可能在數秒到數分內就到達目的地。」

「幾……幾秒鐘……！」

「……包括物資嗎？」

「不包括的話就沒有意義吧？除了空間跳躍，預定也不會放棄作為貨物列車的功能，所以在便利性方面，你們可以認定『精靈列車』會超過『境界門』。至於一趟就能運送到目的地的物資，每一節車廂的承載量也絕對會和運貨馬車有不同位數的差別。」

波羅羅立刻回答，像是早已預測到這些疑問。

依舊雙手抱胸的十六夜仔細評估波羅羅的提案。如果不需要自行鋪設路徑，就表示只要製造出「精靈列車」本身，就能夠大幅縮短兩地間的移動時間。

所以這個「精靈列車」完成後，箱庭的運輸狀況將發生巨大改變。

不，不只是流通方面。

無論有沒有「境界門」都可以自由冒險——此事一旦成真，說不定參加過去不為人知的陌生恩賜遊戲的機會也能增加。

「首先會設置能串連起各『階層支配者』根據地的路線。具體來說，就是『Salamandra』、

『龍角鷲獅子』、『拉普拉斯惡魔』、『Thousand Eyes』和『鬼姬聯盟』這五處。」

「哦……我知道有『Underwood』和『煌焰之都』，其他共同體位於哪裡？」

「『拉普拉斯惡魔』的根據地是北區四位數的『DailyWalker』。

『鬼姬聯盟』根據地是北區五位數的『根之國．殺生宮』。

不過『Thousand Eyes』的根據地位於二位數，所以已經談好改為提供各分店作為目的地。」

「哎呀，原來事前的疏通周到成這樣啊。」

飛鳥半是佩服半是諷刺地說道。既然和所有的「階層支配者」談到可以彼此協力的程度，想來已經獲得對方的同意。

波羅羅大概是為了想增加能用來和「No Name」交涉的籌碼才這樣做。不過以同盟共同體的立場來看，這種行為實在讓人不太愉快，欠缺應該要先顧及的道義。

大概是自己也心裡有數吧，波羅羅稍微低下頭繼續開口：

「我非常清楚這種行徑很沒有禮貌，但是請理解，我方是為了讓你們能安心並接納提案才進行這些事前疏通。不只負責治安的『階層支配者』，還找到了幾位鉅額出資者。雖然尚未確保土地的權利，不過只要有支配者們的保證，我想這部分不是難事。接下來只要『No Name』願意提供『金剛鐵』，立刻可以著手進行這企畫。」

波羅羅以帶著緊張和熱意的語氣來說明現狀。

對他來說，這次想必是賭上「六傷」命運的大企畫。身為過於年輕的領導人，他大概沒有什麼機會參加規模大到這種地步的投機性投資。

站在「No Name」的立場，看到如此充分的準備，其實也已經顧不得傻眼，反而感到佩服。

上一次同盟會議後才過了短短四個月，真虧波羅羅能湊齊這麼多好條件。

（或許在三頭龍之戰後，「階層支配者」們為了處理戰後問題而齊聚一堂也算是運氣很好。畢竟根據這企畫的規模，要是按照正常程序先預約會面才開始行動，光是要讓企畫通過恐怕就要花上好幾年。）

再加上馬克士威魔王破壞「境界門」的事件也帶來了影響。

一旦「境界門」遭到破壞，就算是「煌焰之都」那樣的大都市也會遭到隔離，導致救援無法趕到的實際案例才剛發生。

當時如果有「精靈列車」，應該能夠從各方面調集所有戰力吧。所以如果想要推銷這種可以進行超長距離移動，也能運送許多物資，而且還能投入大量戰力的恩賜，魔王聯盟「Ouroboros」的威脅還記憶猶新的現在正是大好時機。

（或許波羅羅小弟是因為所有的時機剛好都湊在一起，才會把找我們討論的行動往後延。）

想要商談，只能掌握現在。這個年輕首領如此判斷，並展開迅速行動。真是光看年幼外表實在無法想像的驚人活力。

「原來如此……我明白了，既然是因為這樣，我方可以不計較順位被往後放的事情——我

個人也沒有更進一步的問題，十六夜同學覺得如何？我是覺得這提案還不錯。」

「……唔。」

飛鳥對旁邊的十六夜提問，他的表情依舊嚴肅。

正因為企畫規模龐大，就算是十六夜也在慎重考慮吧。如果決定承諾，還必須議定鐵路完成時的利率以及物資的批發價格。所以會需要內容相當嚴密的契約，現在的飛鳥還沒辦法思考得那麼深入。

雖然感到不甘心，但從另一面看，這種時候的十六夜比任何人都可靠。

飛鳥認為，十六夜臉上沒有掛著輕浮笑容時，以個人來說也很有魅力。

她最近甚至開始推測，十六夜的正經態度無法維持太久的理由，會不會是因為他的本性其實很靦腆呢？

飛鳥和波羅羅都帶著對這點的理解，靜靜等待回答。

「……我必須先確認一件事情。」

「什麼事？」

波羅羅以像是要迎擊般的態度反問，他應該有察覺到，這正是此次交涉的分水嶺。

十六夜的眼神透露出前所未有的認真。波羅羅振作起精神，準備無論聽到什麼問題都要立時做出對應。到今天的交涉之前，他已經費盡心思採取各式各樣的手段，也已經找到願意提供資金的出資人，可以說是一切都完美無缺。

然而十六夜嘴裡講出的問題，卻遠遠超過波羅羅的想像。

「你——能負起責任嗎？」

聽到這質問，飛鳥和盧奧斯都不解地歪了歪頭。

然而波羅羅卻倒吸了一口氣，不由自主地無法回答。

沒想到會在這時候就被問到這點的他在內心咂了咂舌，表面上卻裝著傻試圖掩飾這份焦躁。

「責任……是指對什麼事情的責任？」

「因為這次創業而造成的附加性環境變化。」

「環境變化？這是什麼意思，十六夜同學？」

聽不懂重點的飛鳥側著腦袋滿心疑惑。

十六夜用指尖敲了敲設計圖後才開口說明：

「目前『境界門』一天會開啟十二次。詳細情況是針對一般人的開放次數是早午晚各四次，其中有兩次可以搬運貨物。這部分雖然會根據地點而有所不同，不過差別應該不大。到此為止聽得懂吧？」

「啊……嗯。」

飛鳥回想起成為「地域支配者」時拿到的交通統計資料，確定她有進入狀況的十六夜點點頭繼續說道：

「而運貨馬車的通行量一次大約是兩百到五百輛，一天六次，因此可以假設一道『境界門』最多能讓三千輛運貨馬車通過。相較之下，妳認為一列『精靈列車』一天能運送的物資量到底會是多少倍？」

聽到十六夜的提問，飛鳥以認真表情開始思索。

「嗯……『境界門』和『精靈列車』在便利性上的差距，在於一次能運輸的貨物量吧？如果以波羅羅小弟之前說過的『不同位數的差別』來計算，表示一節車廂能裝載馬車十倍的貨物；再假設列車能使用十節車廂來運輸，那麼一趟的載貨量就是馬車的一百倍？」

「不不，沒有那麼單純，實際上預定要讓一節車廂能裝載更多物資，一天的運行次數也有可能到達往返數十趟。而且還能夠直接串連起開拓地區和都市地區，所以速度會更快。」

聽到波羅羅苦笑著這麼說，飛鳥訝異回答：

「這……真是驚人。如果真是那樣，『境界門』遭到廢棄的日子恐怕在不久之後就會到來。因為即使單純計算，列車也擁有數百倍的便利性吧？」

「是啊。如果解釋得更深入一點，其實載貨馬車的瓶頸並非物資的分量，而是載重方面有上限。要是以後能大量運輸礦石這類搬運困難的物資，會讓現在的流通情勢大幅改變。」

「沒錯，在相乘效應下，對箱庭的開拓行動應該也會以不尋常的速度展開。如此一來今後一百年……不，在十年之內，箱庭毫無疑問會發生巨大變化。」

只要有靈脈通過，「精靈列車」就可以把物資運送到陸海空的任何地方。

而且靈脈倘若真如波羅羅所說是恩惠聚集的土地，就表示肯定有許多幻獸和土地神等住在當地。

正因為如此，十六夜才要為波羅羅的計畫敲響警鐘。

「我最擔心的就是這點。假設『精靈列車』確實擁有你宣稱的性能，那麼會出現大量共同體雪崩般地湧入過去因為交通問題而未能開拓的土地。大批的移民和急速的開拓會導致當地原住民發起抗爭，這是隨便就能推論出的狀況。還會出現由於流通單一集中化而失去工作的共同體，向來享受著甜頭的『地域支配者』們也不會毫無意見。面對這些附加性的爭執，你能夠負起責任嗎？」

「……這個……」

面對十六夜的指責，波羅羅暫時保持沉默。雖然十六夜有些話刻意沒說出口，但問題其實不只這些。

「境界門」的使用費會分配給當地的「地域支配者」。

「No Name」管理的「境界門」也是一樣。使用境界門的費用是一個人必須支付「Thousand Eyes」發行的金幣一枚，而載貨馬車則是一輛五枚。而這些使用費中有十五%會繳納給「地域支配者」，三十五%會繳納給東西南北的「階層支配者」。剩下的五十%則由支配者們負責運

用在地域復興或定期祭典、魔王現身時的軍事資金等各方面。

然而「精靈列車」一旦普及，境界門就會失去作用。

那樣一來，絕對會引起各地「地域支配者」的反彈。

波羅羅之所以先去和「階層支配者」交涉，也是因為考慮到這部分的問題吧。目的是希望讓他們成為緩衝，消弭推測會發生的摩擦。

「……原來如此，大爺你也是有眼光的人嗎？」

「要是沒能力推測出這點事情，哪敢前來交涉。而且我以前的世界裡多的是可以拿來參考的歷史，淘金潮就是個最有名的例子。」

十六夜也對波羅羅的事前疏通給予正面評價。

正因為如此，才會以更寬廣的觀點來向他提問。

波羅羅看出十六夜的言外之意，一臉苦悶地狠狠咬牙。

「………抱歉，我無法回答自己是否能負起責任，因為我不能否定箱庭有重蹈淘金潮覆轍的可能性。」

或許是認為繼續掩飾也是白費力氣吧，波羅羅放棄抵抗，講出沒有虛假的真心話。

——所謂的「淘金潮」，主要是指一八五〇年前後在北美發生的狀況。

當時，夢想著要靠新金礦來一夕致富的挖礦者和開拓者大量湧入當地。結果造成金礦附近形成繁華城鎮，北美的人口也爆發性增加，開始迅速發展。

只要「精靈列車」的生產線完成，「金剛鐵（Adamantium）」的採掘就會更有進展，「風浪礦山」也能達成像那樣的繁榮景況吧。

挖掘礦山的礦工會變多，為了餵飽他們，商店也會變多。消費行為增加後，居民人數也會成長。若是一切順利，空前的大泡沫期將會到來。

然而相關影響不會只有這些。

「精靈列車」有可能會大幅改變目前的箱庭文化。

毫無疑問，幾年後「精靈列車」不是會成為串連起箱庭都市的起點，不然就是會化為黃粱一夢空虛消散。

「人口增加需求就會增加，需求增加消費就會成長，而且是處於一切都失衡的狀況下。結果就是會造成在各地域都發生衝突和摩擦，恐怕還會出現被迫面臨滅亡危機的種族吧。」

「就像是淘金潮時，土地被奪走的美洲原住民 Yahi 族那樣？」

（……Yahi 族？）

聽到波羅羅的發言，十六夜的眼裡閃過某種激動感情。飛鳥並沒有漏看那一瞬，雖然時間短到不足剎那，但那瞬間他的眼中籠罩著類似憤怒的激情。

不過那真的只是一閃而過。

十六夜把頭髮往上撥，邊咂舌邊藏起這份情感，然後提出結論：

「……對，既然你知道這件事那就好說了。我想講的重點就是，不要引起像那樣的事件。

如果你無法針對這點提出任何答案，那麼我就不會支持這次交涉。」

這語氣透露出堅定的決心。

就連飛鳥也不由得感到心驚膽跳，畢竟這次遊戲的出資者是「六傷」。

萬一惹火他們導致資金被抽回，遊戲可就徹底毀了。

到時恐怕必須由「No Name」來補上這缺口，然而很遺憾，「No Name」並沒有足以因應的資產。

飛鳥正打算出面打圓場，十六夜卻像是已經猜到般地聳了聳肩。

「……話雖如此，但剛剛那些發言充其量只是我個人的意見，也可以當成是『No Name』內部的意見之一先隨便聽過就好。大小姐怎麼想？」

「咦？我嗎？」

「嗯，因為彼此都是代表，我也想確定大小姐妳的意見。」

突然被要求提出意見，讓飛鳥反而說不出話。她大概沒想到會在這時候輪到自己開口吧。不過儘管有點困惑，飛鳥還是立刻察覺十六夜的意圖。

他是希望飛鳥能幫忙緩衝。

「這……這個嘛……如果只是單純想追求共同體的利益，這的確是最棒的提案。所以對於專賣契約方面，我並沒有異議。只是我想關於十六夜同學擔心的問題，確實必須仔細考慮。畢竟也有可能因為不實傳言而受到損害，再加上鐵道利率部分也得找同盟內外人士以及支配者們商量才行——所以一方面積極討論專賣契約，同時針對負面影響逐步思考對策大概才是最好的做法吧。」

「……嗯，我明白『No Name』的想法了。總之要積極評估，但結論暫時保留，這樣行嗎？」

「嗯，在遊戲舉辦期間總結出方針，並在閉幕典禮那天晚上提出意見互相討論。」

聽到波羅羅的提問，十六夜和飛鳥都點了點頭。大概是判斷現在正是最佳的妥協點吧，畢竟彼此都很清楚要是太焦急反而會失誤。

再怎麼說，這企畫的規模都過於龐大。也就是打算展開一場規模大到或許連箱庭現狀本身都會一併遭到改變的投機性金錢遊戲。不管是「六傷」、「No Name」、「Perseus」還是「Will o' wisp」，都不可能當場就乾脆答應吧。

波羅羅拿出「精靈列車」設計圖的副本，各交給十六夜和盧奧斯一份後，打算把話題換成今後的日程安排。

然而就在即將出現總結時——突然響起像是在嘲笑他們的豪爽笑聲。

「噗……呼呼……哈哈……哈哈哈哈哈！」

「嗚……誰！」

毫不客氣的嘲笑聲響遍整個礦山城鎮。

聲音主人繼續帶著嘲笑語調高聲說道：

「真是，還以為你們在爭論什麼……這真是讓人驚訝！實在可笑！捧腹大笑！不自量力地

把眼光放諸世界，還試圖扛起根本不需要負擔的責任，真是言狂意妄！實在是很符合人類風格的愚蠢行為！」

——什麼？四人一起提高警戒心。

那是從哪裡傳來的聲音？不，重點是對方聽到了多少他們的對話？

十六夜、飛鳥還有盧奧斯絕對都沒有放鬆警戒。既然對方可以瞞過他們躲著偷聽，應該需要不尋常的技術或相對應的恩惠吧。

「……十六夜同學。」

「別動，大小姐。礦山造成回音，讓我很難掌握對方的位置。」

建造於山谷裡的城鎮「風浪礦山」由於回音嚴重，因此有難以確定聲音來源的特性。要是春日部耀也在場應該能輕鬆掌握位置，然而十六夜並不具備敏銳到那種程度的聽覺。

（到底躲在哪裡……？）

他聚精會神地靠感覺探測動向。畢竟剛才的交涉談了那樣的內容，就算有哪個共同體派出間諜也不奇怪。根據情況，或許有必要逮住對方。

三人站起來擺出備戰態勢，好讓自己在對手無論從哪裡現身時都能夠做出對應。

這時，山裡傳出慘叫聲。

「嗚哇啊啊啊啊啊啊有抓狂的牛啊啊啊啊啊啊啊！」

——啥？所有人都一起發出訝異到變了調的聲音。

不用說，這種礦山的正中央當然不可能有農業用的牲口。

所以四個人都皺起眉頭，認為不管再怎麼說這種事情未免也太誇張了。然而在大街另一端，的確揚起像是牛蹄造成的煙塵。而且雖然不明顯，但咖啡座似乎有點在震動。

轟隆隆隆！傳來似乎有什麼東西在奔馳的聲響。

既然可以聽到輪子轉動的聲音，就代表那牲口還拉著貨車或戰車之類。

而且不只地鳴聲。

煙塵另一端甚至還出現像是閃電還是雷鳴之類的聲音。應該是幻獸或類似的存在失控了吧？注意到對方越來越逼近，飛鳥第一個做出反應。

「看來無法避開呢……！」

「嗯，看樣子不是普通的牛在暴動——好，交給你了，盧盧！」

「啥！為什麼是我？」

「因為你快要爛了啊，而且也已經過了保鮮期限，當然要拿出來使用。」

「那樣根本不是快要爛了而是已經爛到徹底！好歹自己的發言也該有一致性吧！」

砰！盧盧用力一拍桌子，然後衝出咖啡座。

會在這時挺身而出，大概是因為他已經了解那兩人就是這種調調，不過也有可能是因為考慮到組織間的力量平衡。欠缺實力的共同體領導人只能拚上性命。盧盧咂舌後，在礦山大街的中心張開雙腳昂然站定。

他取出鐮形劍，等待即將從煙塵另一端現身的瘋牛。面對逐漸接近的激烈地鳴聲和閃電，盧盧瞇起雙眼。

（有雷鳴……還有其他。煙塵帶著濕氣，是水棲型嗎？）

像牛的水棲型幻獸，而且還會發出雷電，符合這類型條件的種族並不多。盧盧翻開腦海中的字典，光是帶著雷電，就表示是相當高位的幻獸。再加上含有濕氣的煙塵，代表對方或許也擁有疾風的恩惠。

響起雷鳴。

刮起旋風。

而且身纏清水的牛之幻獸——

「——複合了三種屬性……天候恩惠？咦？等一下！難道那不是煙塵，而是雷雲嗎！」

盧盧發出慘叫，不過這也是理所當然的反應。

大地上揚起的白色煙霧並非煙塵，在礦山城鎮中心響起雷鳴聲的是——在地面上翻滾旋轉的積雨雲。

而那隻牛身後拉著的東西，則是周遭被積雨雲環繞著的鐵灰色戰車。

那種跟怪物沒兩樣的牛不可能是普通的瘋牛。

感覺到神格的盧盧臉色蒼白地大叫：

「開什麼玩笑！喂！那邊的笨蛋雙人組！你們也來幫忙！」

「「咦~不要。」」

「好……不要？咦？不要？」

「「堅定拒絕。」」

「堅、定、拒、絕？夠了！同盟的情誼死哪裡去了！」

「情誼那傢伙剛剛掛掉嘍。」

「是個好人呢，合掌默哀一下吧。」

兩人「啪」地合起雙手。盧盧的青筋整個鼓起，像是氣到血管快要爆開——但是，各方面都已經太遲了。

「MOOOOOOOON！」

「嗚哇啊啊啊啊啊啊啊！」

盧奧斯被巨大的天候牛撞飛出去並發出悽慘叫聲。

問題兒童們又合起手掌。

波羅羅正在喝茶，卻以突然注意到什麼的態度喃喃開口：

「啊……有豎直的茶梗。」（註：日本一般認為茶梗豎直是一種吉兆）

「是嗎，真是太好了呢。」

發現這小幸福的波羅羅心滿意足地豎起貓耳。才十一歲居然就懂得享受這種微小的好運，想必他平常一定很費心勞力。

看到咖啡座散發出一片安穩祥和的氣氛，積雨雲中傳出不以為然的聲音：

「──怎麼回事？同伴都被撞飛出去了，你們的反應還真冷淡。」

這聲音帶著一種無奈，像是在表現掃興的感覺。近距離聽起來，對方似乎相當年輕。

一名男子從戰車座位上起身並舉高手，積雨雲就逐漸散開消失。兩頭天候牛也配合這動作跪下。

根據聲音，可以判斷出這人就是先前大笑聲的來源。

面對男子那種隔著一層雲霧也能感覺到的非凡氣勢，十六夜臉上浮現無畏的笑容。

「有資格質疑的人是我們吧？把我方的同盟成員撞飛出去卻連一句道歉都沒有，這是什麼意思？」

「那還真是抱歉啊，但是明明是他自己衝出來擋路吧？」

「是又怎麼樣？根據交通法，不管怎樣都是撞死人的那邊該付錢，這才是世界全土連異世界也共通的道理啊。」

這主張簡直像是假車禍詐欺犯的理論。順便一提，盧奧斯沒死。

「原來如此，這話的確有點道理。那麼身為出資者之一，就連同這部分一起好好討論一番吧。」

男子邊忍笑邊走下戰車。這時十六夜和飛鳥忍不住睜大雙眼，因為他的服裝實在過於奇特。

駕駛天候牛戰車來此的男子——看起來像是東方人的這傢伙身上穿著刻意沒有扣好的襯衫，外加一件西裝外套，邊點菸邊看向這邊。確認香菸品牌是七星（MILD SEVEN）後，十六夜又吃了一驚。

年紀大概是三十歲出頭吧？仔細一看，他身上的外套、襯衫、皮鞋等等全都是十六夜知道的著名品牌。在這個箱庭裡，到底哪裡可以弄到這些東西？

不過，真正讓兩人感到驚訝的部分並不是這些。

如果十六夜和飛鳥沒看錯的話——散發出二〇〇〇年代文化氣息的這男子……

（……喂，大小姐。）

（什麼？）

（這傢伙……是人類吧？）

沒錯——駕馭應該具備神格的天候牛來此的這名男子，毫無疑問是人類。而且也沒有像盧奧斯那樣混有神靈的血統。

兩人來到箱庭後已經見過許多修羅神佛，但眼前男子給他們的感覺卻和那些都不相符。

如果硬要舉出類似的例子——那就是和他們這三個異鄉人比較相近。

明明散發出力量非比尋常的存在感和壓迫感，但是這男子的氣息卻完全屬於人類。這種充滿謎團的男子竟然能讓擁有神格的牛來幫他拉戰車，也難怪兩人會感到驚訝。

面對沒有回答十六夜的提問反而自稱是出資人的男子，飛鳥開口發問：

「請問尊姓大名？還是稱呼你為肇事逃逸犯會比較妥當？」

「名字？——噢，對喔，降天為人後得想個新名字才行。」

真麻煩啊……男子咬著香菸嘀咕道。既然他說要想個新名字，就表示打算使用假名吧。不管怎麼樣，現在才開始思考實在太散漫了。

然而男子的眼中卻閃著認真的光芒，並不像是一般在想假名時會有的態度。

「就叫作帝……不不，直接拿來用恐怕不太妙。那麼應用一下換成御門……嗯，這名字也不會讓靈格降低太多，而且又能符合現在的職責。好，就這樣吧。」

「——……？」

這時，久遠飛鳥突然注意到一件事。

或許只是錯覺，但她總感到自己好像在哪裡聽過這男子的聲音。而且雖然不知道為什麼，但腦海角落裡似乎記得自己曾和這個聲音的主人訂下某個重要約定。不過飛鳥卻無法回想起到底是在何時何地發生過這件事，只能一個勁地側著腦袋。

另一方面，邊搔著頭邊思考了一陣子的男子在多番嘗試之後，終於像是炫耀般地講出自己的假名。

「好……決定了，我的名字是御門——對，MIKADO TOKUTERU（御門釋天）！」

「——咦？」

所有人全都目瞪口呆。對這反應很滿意的御門釋天繼續說道：

「所屬共同體是連接上層的『忉利天』，這次是作為『護法神十二天』的使者，來此協助『精靈列車』的開發！」

帝——不，御門釋天以自認這假名很完美的得意態度報上名號。

這模樣，這假名，還有這種和黑兔同一型的缺憾氣質。

既然能推理的要素已經齊全至此，箱庭裡根本不可能還有人看不出真相吧。

「喂，貓耳小不點。這傢伙該不會是……」

「……嗯，沒錯。」

逆迴十六夜露出明顯的厭惡表情。

久遠飛鳥的嘴角不由自主地抽動。

盧奧斯依然被埋在瓦礫下，還受到讓他下巴幾乎脫臼的衝擊。

波羅羅．干達克抱著發疼的腦袋並感到很後悔。

四個人對眼前人物的真實身分都心裡有數。

即使氣息屬於人類，但自以為有掩飾住的真面目卻根本沒有藏起來。而且最大的原因，是那種甚至贏過黑兔的壓倒性缺憾氣質正彰顯出男子的真實身分。

沒錯——他正是黑兔……也就是「月兔」們的主祭神。

鵬魔王曰：「是個一旦行動就只會畫蛇添足的廢神。」

蛟魔王曰：「是天界的不良大哥。」

身為武神群——「護法神十二天」之長兼箱庭都市的統治者之一。

這男子就是最強軍神（笑）「帝釋天」本人——！（註：帝釋天的假名「御門釋天」(MIKADO TOKUTERU)是利用日文漢字可以有多種發音的特性來編出的假名，甚至名字部分的漢字都沒換，所以其實已經跟直接用真名沒太大差別了）

第三章

——「風浪礦山」居住區域的露天商店街。

在山谷內建成的露天商店街上，一個個攤位沿著像蛇一般的細長道路排列。

當然可以看到衣物和餐具等雜貨，另外也販售著許多把礦山採掘到的礦石加工後製成的裝飾品。

「明明才剛開始發展，已經擺出了各式各樣的攤位。太好了，熱鬧程度超出預料。」

「ＹＥＳ！『風浪礦山』初次舉辦的遊戲可以說是場面盛大！」

為了陪愛夏・伊格尼法特斯購物，春日部耀、愛夏以及黑兔三人一起來到露天商店街。

攤位裡應該有許多作者沒有落款的逸品，不過這類鑑定屬於春日部耀不擅長的領域。雖說她好歹也是藝術家的女兒，這樣似乎有點尷尬，然而沒有才能的話也是無可奈何。這次還是安分地自掏腰包買東西來吃吧。

睜著發亮雙眼的耀指向攤位。

「因為之前去報名遊戲所以我還沒吃午餐，妳們兩人也要吃吧？是吧？」

「YES！人家也只吃了煎餅，非常有興趣！」

「不過吃的時候倒是把裁判工作給拋在腦後。」

愛夏的吐嘈發言狠狠刺中黑兔。畢竟她只顧吃慰問品的煎餅，對耀和格里菲斯的戰鬥置之不理，受到這點報復也是理所當然的事情。

發表完不以為然的感想後，愛夏選了一間服飾店。

「我要買點東西，如果妳們要吃吃喝喝，記得別走太遠。」

「好。」

「YES！那麼在等待時先去找間可以推薦的店吧！」

黑兔展示著自己的兔耳，然後和愛夏道別。

兩人開始逛起距離服飾店不遠的攤位。

在礦山附近能取得的食材雖然有限，不過幸好這附近有河川也有森林。例如從山頂流下的河川裡就可以抓到「金目禿」這種魚，兩人一邊吃著連頭帶尾的烤魚，一邊等待愛夏。

在耀把第三隻烤魚也解決後，黑兔開口發問：

「愛夏小姐想談什麼事情呢？果然是共同體相關的問題嗎？」

「大概是。傑克走了之後維拉變得很沮喪，似乎也還沒決定出今後的方針。我想愛夏想必會感到不安。」

耀邊說邊把第七隻「金目禿」塞進嘴裡。

黑兔大概是只吃一隻就夠了，邊用手轉著竹籤邊發表起她一貫的理念。

「所謂的共同體主力並不僅限於戰鬥力這方面，處理事務、對外關係、整頓工房等等……只有在各種領域發揮自身才能的人，才有機會成為組織的主力。」

「根據這種定義，傑克真是個全能型的人才。因為他能擔任參賽者也可以成為主辦者，而且還負責處理內外所有事務。」

吃完第八隻之後，耀垂下眼簾。即使箱庭如此廣闊，恐怕也找不到其他像傑克這般德高望重的幽鬼吧。

愛護孩童，也受到孩童們喜愛的南瓜小丑。不只「Will o' wisp」，對「No Name」來說，傑克同樣是個很重要的存在。

而且他還是讓耀初次嚐到敗北滋味的對手。

「原本我想找一天好好雪恥，結果到最後還是被傑克帶著勝利跑了……也沒能報答在『Underwood』時受他幫助的恩情。」

「……耀小姐。」

傑克對耀不只有恩，還有讓她吞敗的帳。然而在任何一邊算清之前，他已經化為光消失，再也沒有機會聽到那開朗快活的笑聲。

和傑克認識更久的愛夏內心想必感觸更深。耀認為如果和自己商量能稍微治癒這份傷痛，那麼無論要談多少事情都沒問題。

在她把第二十七隻「金目禿」塞進嘴裡時，愛夏從服飾店內走出。

「喲，讓妳們久等了。」

「不，並沒有等——」

最後「很久」這兩個字並沒有從耀的嘴裡講出，而且金目禿還掉了。

她眨了眨眼睛，驚訝到講不出話。這吃驚的程度非比尋常，總是痛快大吃的大胃女王春日部耀受到了讓她忍不住鬆手放開整尾火烤金目禿的衝擊。

至於站在旁邊的黑兔也一樣，頭上兔耳因為訝異而整個豎直。

從服飾店裡出來的愛夏外表就是異常到這種地步。

「呃……妳是愛夏吧？」

「嗯，這可是愛夏大人我第一次穿上西裝的樣子，很適合吧？」

雖然以這種發言回應，但愛夏的站姿顯得很沉穩平靜。平常的哥德蘿莉風格雙馬尾有了一百八十度的轉變，現在她身穿剪裁合身的西裝還繫上領帶。一頭藍色的長直髮放下來後稚氣消失，還略微散發出高雅的氣質。光是換個服裝居然能讓一個人有如此大的變化啊……耀在內心喃喃發表感想。

明明愛夏過去參加遠方的恩賜遊戲時，就算待在一般城鎮裡也隨時穿著哥德蘿莉風服裝，現在到底是有什麼樣的心境變化呢？

察覺到這種視線的愛夏繃著一張臉嘆了口氣。

「……算了，果然是這種反應，畢竟我在妳們面前一直穿著參加遊戲用的服裝。一想到這下已經和那身服裝告別，真讓人滿心感慨。」

「和服裝告別……咦？咦？」

不明白是怎麼回事的耀陷入混亂。另一方面，察覺出原因的黑兔則是倒吸了一口氣。

「愛夏小姐……難道妳是要引退，不再擔任參賽者嗎？」

「引……引退？」

「沒錯，恩賜遊戲的參賽者．『愛夏．伊格尼法特斯』在此歇業。從今天起，我打算以共同體參謀的身分參與營運，所以請多指教啊！」

愛夏挺了挺胸，拉緊領帶。這下耀感到更加混亂。

「妳……妳說營運……意思就是，要成為主辦者？所以只是要改變立場，還是會繼續參加恩賜遊戲……」

「怎麼可能是那樣。在恩賜遊戲中，當主辦者可比當參加者還困難啊。」

「YES。如果想靠著舉辦恩賜遊戲來維持生計，必須有能獲得舉辦收入的大規模設施、恩賜以及人才。目前的『Will o' wisp』不可能籌措到足以舉辦恩賜遊戲的資本。」

黑兔很難得地以強烈語氣如此斷定。

至於耀則和黑兔相反，一直處於狀況外。她心裡完全不明白愛夏為什麼會突然說這種話。基本上直到先前為止，愛夏不是還參加了恩賜遊戲嗎？

「該……該不會……是我的錯？因為剛才用那種方式贏了，所以……」

「不～是～啦～！就叫妳別誤會啊！我從很久以前就決定要引退，決定如果在這次的遊戲中無法留下好成績就不再擔任參賽者。所以……那個……怎麼說？換個角度來看，輸給妳其實也好，反而讓我能夠決斷。妳果然很厲害。」

愛夏拍了拍耀的肩膀，表現出開朗的態度。

以一臉鄭重表情旁觀的黑兔這時靜靜開口發問：

「……愛夏小姐，如果妳方便的話，能否請教詳細內情？」

「也算不上是內情啦……算了，總之是很常見的情況。就算我繼續當參賽者，大概也無法賺取共同體的生活費——畢竟我欠缺才能。」

「那……那種事……」

「耀小姐，請安靜。」

黑兔制止耀，她應該是認為現在該靜靜聆聽吧。愛夏的眼神透露出前所未有的認真，想必是抱著非比尋常的決意才下定決心引退。

愛夏在附近的長椅坐下，抬起頭，眼神有點朝向遠方。

她讓藍色長髮隨著從山脈吹來的風飄動，接著就像是要說服自己那般，壓低音調開始說話：

「像那種能留下許多功績的一流參賽者，是箱庭世界裡的明星人物。站在充滿幻想風格的

舞台上，克服難以攻陷的考驗，解開不合道理的難題。大人們會帶著狂熱，而小孩們則抱著憧憬欣賞恩賜遊戲……我以前也有個嚮往的恩賜遊戲。明明很弱卻還堅持要當參賽者，就是因為這緣故。」

耀以前曾經聽黑兔說過。

箱庭的孩子們都看著共同體的旗幟長大。

所以他們會在胸中祈願自己能「成為配得上那旗幟的大人」，對組織裡的參賽者們投以崇拜的視線。

「……妳們兩個有看過『鬼姬』聯盟的收穫祭嗎？」

「『鬼姬』聯盟？」

「『鬼姬』聯盟是北區的『階層支配者』，人家的兔耳曾聽說那是聚集六位東洋系鬼姬的共同體。」

「對，就是那個共同體。那裡每年會舉辦兩次以大樓閣『殺生宮』為中心的東洋風格收穫祭。那是我第一次參觀的恩賜遊戲，而且是場超級豪華熱鬧的祭典！」

愛夏張開雙手，像個孩子般表情閃耀著光輝。

那是連耀都沒看過的燦爛笑容。愛夏帶著滿心的羨慕與憧憬，回想收穫祭的景象。

「夜空中妝點著由狐火製成的七色煙火，城鎮裡擺滿了仙藥的香爐！酒宴中有八頭龍以酒桶作為賭注，不分晝夜地多次展開決鬥！然後茶會中會有狐狸使者們獻上自己共同體採收到的茶葉新芽，決定誰是今年第一名的司茶人！這樣的熱鬧祭典持續七天七夜……收穫祭的最後，大樓閣的屋頂會飄揚著六面鮮艷的旗幟。即使現在回想起來，也覺得那真的是……真的是宛如夢境的遊戲。」

睜著發亮雙眼敘述遊戲景況的模樣，彷彿迷途闖入幻想國度的少女。

然而這也是理所當然的反應。

如果愛夏是和傑克一起被召喚到箱庭，那麼她來到這裡大概只過了短短三年。

而且出身自西洋國家的愛夏參加東洋文化色彩濃烈的「鬼姬」聯盟舉辦的遊戲，當然會更覺得箱庭世界的異文化看起來非常耀眼奪目。

「——所以我產生強烈的想法，希望自己也能站在那種舞台上。之後硬是說服維拉姊和傑克先生，讓他們答應我參加遊戲……那套藍色服裝也是傑克先生說：『呀呵呵呵！既然要參加恩賜遊戲，就得準備一套很棒的最佳服裝才行！』並親手為我製作的。」

「……原來是這樣……」

耀一邊回應，同時也受到些微衝擊。應該是因為她從這些發言中，感覺到愛夏對恩賜遊戲參賽者這身分是多麼執著。

以前聽說過「Will o' wisp」是以主辦者方為主要活動。

明明是這樣卻還前往遠方的「火龍誕生祭」和「Underwood」，一定是出於傑克那類似父母心的好意，想要讓愛夏能夠多累積點經驗。

大概也是希望愛夏能在絕對算不上是寬裕的共同體裡一點點累積功績，然後哪一天得到成果發光發熱。

——既然是這樣。

為什麼現在愛夏卻宣布要引退呢？耀無法理解。

「……愛夏，如果妳抱著如此強烈的意念，就不該引退。這也是為了避免妳和傑克一起度過的日子就此白費……」

「可是繼續當參賽者，沒法讓共同體裡的孩子們活下去。」

愛夏立刻回答，語氣強硬得彷彿不允許任何異議。

耀被她的氣勢壓倒，不由得把想講的話又吞回肚裡。和過去在遊戲中展現出的每個表情相比，愛夏現在的視線裡籠罩著更強烈的熱意。

「——傑克先生已經不在了，那個人是為了蒼炎的旗幟犧牲生命。那麼，我必須以組織次席的身分開始行動才行。我能作夢的時間……已經結束。」

成為一流的參賽者，在這個聚集修羅神佛的箱庭中留名。這是箱庭世界裡每一個居民都曾經有過的夢想，但愛夏卻決定放棄。

為了踏上新的道路，她改變髮型放下一頭藍髮，換穿西裝。

「……我說，黑兔。妳應該很清楚在這個箱庭裡要養活幾十個小孩是多辛苦的事情吧？」

「ＹＥＳ。召喚耀小姐和十六夜先生等人之前的那三年，是人家兩百年的人生中最辛苦的日子。」

「果然是這樣。我們還有維拉姊，所以應該能保住身為參賽者的顏面。不過你們那邊卻是必須在沒有其他強大參賽者的狀況下一個人想辦法周轉，講起來好像還是妳的環境比較難熬。」

「不不不，人家還有白夜叉大人幫忙接洽裁判工作，如果只是要填飽肚子，其實還算是能過得去。」

「是嗎……」愛夏喃喃說完，兩人看著彼此露出微笑。那是決心要從「被保護方(孩子)」變成「保護方(大人)」的人才會露出的笑容。

接著，愛夏從正面凝視耀並緊握住她的手，託付夢想。

「——我會守護『Will o' wisp』，靠著即使是欠缺才能的我也能做到的方法來守護。所以耀，妳要在舞台上以一流參賽者的身分綻放光芒。因為那樣一來，總有一天我們能對孩子們光榮展示唯一的一次勝利。」

在「火龍誕生祭」時和傑克一起獲得的勝利。

希望這次勝利，能讓孩子們產生新的憧憬。

雙眼微微溼潤的耀用力反握住愛夏的手。

「……我明白了。我答應妳，以後……再也不會輸給任何人。」

「哦？好大的口氣！」

「YES！把這句話當成針對舉辦中的恩賜遊戲『金剛之礦場』的優勝宣言也沒問題嗎？」

先前的嚴肅氣氛整個轉變，兩人臉上掛著充滿調侃的笑容。

以十六夜和飛鳥為首，這次「金剛之礦場」的正賽預定會有一些熟悉的強者出賽。只要清楚他們的實力，應該無法隨隨便便就發表優勝宣言吧。

然而耀卻毫不畏懼地露出微笑。

「嗯，無論對手是誰，我都不會輸。就算是——十六夜和飛鳥也一樣。」

「咦……？」

「啊……？」

兩人一時語塞，大概是因為沒有預料到耀會這樣回答。

耀也沒有過度在意，反而露出滿心暢快的表情。儘管是反射性地脫口而出，但她似乎很中意這目標。

她先握起拳用力擊掌，然後高舉向天空。

「不輸給十六夜，也不輸給飛鳥……嗯，既然已經決定，必須訂出作戰計畫！我要去四處逛逛攤位，看看有沒有能在礦山裡使用的恩惠，妳們也陪我吧！」

「啊……喂！妳是認真的？」

「人……人家差不多該回去準備下一場預賽——！」

黑兔雖然動著兔耳抗議，然而現場並沒有人能夠阻止開始行動的耀。她緊握著愛夏的手和黑兔的兔耳，往前衝了出去。

雖說和愛夏的約定也是原因之一，但急速成長的耀也注意到，其實自己內心某處一直想試試看。

逆迴十六夜、久遠飛鳥、春日部耀。

現在的他們三人——到底誰才是最強？

*

——另一方面，這時候的十六夜。

「嘿！」

「嗚啊啊啊啊啊啊啊被解決啦啊啊啊啊啊啊啊啊啊！」

參賽者發出慘叫，撞上岩壁。只要看一眼，就知道這些從腦袋到半截身子都插進岩壁裡的

參賽者們無法繼續參加遊戲。

耀認為「靠武力獲勝違背遊戲宗旨」所以拒絕這樣做，然而對手主動找碴的情況可就另當別論。

十六夜剛開始覺得面對那些和大地有關的種族，其實靠挖掘來堂堂正正一決勝負也別有趣味，所以一手抓著鶴嘴鋤以怒濤之勢不斷挖礦。然而接近預賽尾聲時，試圖搶奪礦石而發動襲擊的傢伙就越來越多。能夠爭奪領先地位的十六夜當然也成為目標，結果他只好把對方打飛。

「——真是，沒想到會有這麼多笨蛋在採掘遊戲裡動手搶奪，看來該重新檢討一下遊戲規則會比較好。」

他拍去身上的塵埃。主辦方在這場恩賜遊戲的正賽和預賽裡有不同的意圖。

預賽的目的是要募集大量的礦工，正是為了達成這目的，才設定只要參加並挖掘礦石就能獲得工資的規則。

至於正賽則是會出借用「金剛鐵（Adamantium）」製成的武器，讓強者們發揮武器的性能。換句話說，也兼有新商品實物宣傳的效果。讓這些通過預賽的人們確認武器的有用性，並藉此對性能有更全面性的了解。

（之所以拐著彎允許預賽的掠奪行為，目的應該是希望對實力有自信的人能比較容易進入正賽吧……然而這下成了反效果。這種會讓關鍵的礦工裹足不前的遊戲構成不是好事。）

如果打算辦成定期祭典，就必須去考慮平衡，好讓遊戲能安定並吸引參賽者前來。主辦者之路還真是深奧啊……十六夜雙手抱胸笑了笑。

這時，遊戲時間到的銅鑼聲響遍洞內。狐狸少女莉莉代替遲遲沒有回來的黑兔，拿起麥克風宣布結束：

「預……預賽F組到此結束！目前採掘量最多的人是——呃……那個，釋天大人！麻煩您了！」

「嗯，採掘量最多的人是逆迴十六夜。」

「太……太棒了！十六夜大人，您通過預賽了！」

莉莉「唰！」地豎起狐耳，對著十六夜揮手。

十六夜以苦笑回應。

（話說回來，那傢伙是不是和黑兔一樣擁有「審判權限」？）

帝——不，御門釋天主動願意代替黑兔雖然讓人感謝，但畢竟不能就這樣直接讓他出手協助，因此決定派出負責隨侍在他身邊的莉莉來當中間人，一起擔任裁判。

雖然御門本人自認有把身分隱藏起來，但其實根本沒藏住。

所以最後的結論是與其因為他的真面目曝光而引起大騷動，這次還是麻煩莉莉多多奮戰吧。

轉著手臂的十六夜剛離開會場，臉上帶著些許緊張的波羅羅就前來慰勞。

「辛苦了，十六夜大爺。是場壓倒性的勝利呢。」

「因為要是在預賽輸掉可就一切免談——雖然很想這樣說，不過老實講，我這次算是好運撈到。要是沒人來找碴，還不知道最後結果會如何。只是靠遊戲欠缺平衡才得了好處。」

在參賽者中，應該有好幾個大地精靈或矮人族等特別擅長挖礦的種族。就算十六夜擁有非凡的身體能力，基本上也只能靠一把鶴嘴鋤應戰。

如果有哪個參賽者具備能看出何處含有大量「金剛鐵」的鑑定能力，光是這樣就會被迫陷入苦戰吧。

「哦……真讓人有點意外，我還以為大爺你抱持著『無論如何都要獲勝！』的主義。」

「當然是要贏啊，不過在遵守遊戲規則和宗旨的前提下獲得壓倒性勝利，才算是所謂的一流玩家吧？因為遊戲終究只是交流工具而已，實際上總是會有輸有贏。」

當然，其中也有例外。比如敗北會直接牽涉到共同體進退的遊戲，就必須使用所有手段爭取勝利。十六夜認為「一流的遊戲參賽者（Gamer）」並非指不敗的玩家，而是針對那些在真正不能輸的戰鬥中沒有輸的人們才會使用到的讚詞。

以這種意義來看，這次的十六夜的確沒有追求必勝的決心。若能把有利於採掘的恩賜都準備齊全再參加遊戲，和其他參賽者之間應該能拉開壓倒性的差距。

他沒那樣做並不是出於傲慢，而是因為主辦者方的規劃中也包含了要促進地域活性化的目標。要是十六夜拿出真功夫求勝，很有可能造成其他參賽者猶豫畏縮。

「採掘遊戲充其量只是我們進行的高風險投資之一，要是我在這種事情上認真起來會掃了大家的興——是吧？」

「的確是那樣沒錯……不過真的意外，我以為大爺你是不會顧慮這些的人。」

「要看時間和情況，畢竟我是個隨性的傢伙。」

十六夜邊說邊打了個呵欠，波羅羅則歪著腦袋懷疑是這樣嗎？

——然而，說起來這樣的確不太符合十六夜的風格。

至少如果是剛被召喚來箱庭的十六夜，應該不會選擇獲勝手段，也不會產生任何躊躇。雖然他講了一堆藉口，但是基本上，找藉口這行為本身已經不合他的風格。以前的十六夜大概不會說那麼多，而是會很乾脆地用「因為很無聊啊」這一句話來解決吧。

如此一來，可能的理由只有一個。

那就是他對遊戲的幹勁已經降低了。

「……是低潮期嗎？」

「咦？」

「不，沒事。接下來的預定是？」

「要款待釋天先生。那個人畢竟是贊助人，必須討一下他的歡心。現在由盧盧和格利先生在負責準備。」

下一秒，十六夜繃緊表情。波羅羅提到的格利是指獅鷲獸格利吧？的確只要使用人化之術或許就能擔任招待工作，但是在人型生物的禮儀方面，牠還有很多地方並不熟悉。例如沒多久

之前格利才光溜溜地在根據地裡四處走動，讓女性成員們大發雷霆。

雖說十六夜還不確定御門釋天究竟是多豪爽大膽的傢伙，不過還是不能把招待工作交給那種即使是第一次見面照樣可以赤身裸體的人。

覺得這下需要一些策略的十六夜才剛開始思考，波羅羅就笑著搖頭。

「啊～十六夜大爺，我大概知道你在擔心什麼，但關於那方面我已經做好安排，不會演變成你顧慮的事態。」

「喔？你意思是有辦法制止那個脫衣狂？」

「相反。我並沒有尋找制止他的方法，只是提供脫了也沒關係的地方。不然大爺你要不要也去參加？我想能散個心應該不錯。」

「……唔。」十六夜把手靠在下巴上，觀察波羅羅。

雖然十六夜絕對沒有對波羅羅評價過低，然而行動和想法被對方先看穿到這種地步，也讓他不得不調整評價。這個叫作波羅羅的少年，是個優秀到超越十六夜預估的人才。

聽說以前在「Underwood」舉辦締結同盟的會議時，他曾經敗在仁．拉塞爾手下。大概是因為這樣，或許十六夜下意識地太小看他。

「哼……該怎麼說？明明你的口才和腦袋都這麼靈活，為啥會被我們的小不點少爺贏走一局？」

「啊？……噢，你是說締結同盟時的事情嗎？哎呀，那次真是讓我上了一課。那時的敗因是手中籌碼和情報都不夠，所以這次是先安排得妥妥當當之後，才帶著讓人無法反駁的內容挑戰商談。」

波羅羅推好眼鏡咧嘴一笑。

雖然敢斷言失敗為成功之母的十一歲少年實在狂妄，但他的確具備夠格放大話的能力。這次應該要率直地給予正面評價。

對「No Name」來說，這個少年應該會成為無可取代的盟友。

「真是可靠啊，那麼麻煩事就交給優秀的盟友處理，我也去接受款待吧。」

「喂喂大爺，你屬於負責招待的這一邊吧？」

「怎麼，我可以出手招待嗎？是無所謂啦，但是由我來的話，不管怎麼樣都會演變成我的風格喔？」

「……不，我看招待還是交給我們，大爺你放輕鬆就好。」

十六夜呀哈哈大笑，波羅羅則露出無奈的苦笑。

之後，問清楚用來接待的旅館地點後，兩人就此告別。十六夜原本並沒有特別抱著什麼期待，不過他突然想起帝釋天的出身。

——據說帝釋天原本是「拜火教(Zoroastrianism)」的惡神。

那麼，說不定可以問他「那傢伙」的事情。

——算了，就算問了也不會有什麼變化。

即使並不期待，然而席捲於胸中的乾涸之風或許能獲得某種滋潤。如果他真的是神靈，那麼靠神諭感化也是一種方法。十六夜自認已經建立夠格的功績。

萬一那樣做還是無法治好這份乾渴感——

（到時候……就來麻煩一下最強的軍神大人吧。）

走在路上的十六夜一個人握緊拳頭。

接著他露出淺淺微笑，邁步前往御門釋天住宿的旅館。

——「風浪礦山」溫泉街上的旅館。

在湧出天然溫泉的礦山城鎮中心，有一個作為觀光地進行開發的區域。其中一棟特別大的建築物裡有掛著「相對雙女神」——「Thousand Eyes」旗幟的旅館。

利用礦山採掘到的礦石加工建成的這間旅館雖然還不夠豪華，但已經保有占地相當大的土地，預定將來會設置紀念碑。大概是打算舉辦雕刻比賽之類的恩賜遊戲吧。

那樣一來，旅館的中庭和外觀都會一口氣變華麗。

目前大概是只購入土地作為預先投資的狀態，「No Name」也因此收到一大筆錢，所以這案子對雙方都有利。

即使目前尚未命名，不過觀光客們以這旅館為中心前來此地遊歷的日子應該不遠了。

來到「Thousand Eyes」旅館的十六夜在女性店員的帶路下前往天然溫泉。許久沒見到女性店員的十六夜先呀哈哈笑了幾聲，然後開始戲弄對方。

「哎呀好久不見，在新的工作地點還順利嗎？」

「不勞費心，我可沒有受過換了個地區就可以降低待客品質的教育。」

「那就好，聽說妳預定要從一般店員被大大晉升為店長？」

「……你還是這麼沒禮貌。我原本就是基於要擔任店長而受過指導教育，所以之前才會被任命為白夜叉大人的助理。並不是大大晉升。」

女性店員——更正，女性店長（暫定）乾脆地駁回十六夜的說法。

根據之前聽說的情報，她似乎是在一個月前從東區的店鋪被調到北區的新店鋪。據說「Thousand Eyes」為了大力支援北區復興而開設了好幾家新店鋪，其中之一大概預定要交給她負責吧。

十六夜帶著輕浮的笑容，對升任女性店長（暫定）的她送上祝賀。

「嗯，總之恭喜啦。這下『No Name』在『Thousand Eyes』內部也獲得了新的門路，要繼續按這種步調出人頭地啊。」

「我對出人頭地沒興趣，但是只要店鋪的收益增加，我等的名號也會更廣為人知吧。如果想當個好顧客，希望你們記得帶一些好買賣過來。」

女性店長（暫定）平靜地應付十六夜的胡說八道。以前只要一開口必定會痛斥「謝絕『無名（No Name）』上門！」的她，現在倒是已經相當習慣。

這也是因為之前戰役的功績獲得「Thousand Eyes」的承認，讓「No Name」終於得以在顧客名簿裡留名。

這也代表「Thousand Eyes」這個超巨大共同體在箱庭裡為他們的身分做出保證。今後不會再有人提到「No Name」時是意指「區區無名」吧。

「先不管那些，北區的店長大人為何前來東區？」

「因為這次要接待帝釋天大人，所以由與他熟識的我出面。畢竟那是一位會發酒瘋又貪戀女色而且壞習慣超多的人物，應該需要有個能控制住他的人。」

「哦？妳跟他認識？」

「嗯。以前『天軍』在本店召開會議時曾打過照面，而且當天晚上我就差點成為他泡妞的對象。」

女性店長小姐面不改色地回答，十六夜似乎很不以為然地聳了聳肩。

「居然對妳這種跟鐵壁沒兩樣的女性出手，該說不愧是好色的神明大人嗎？」

「一點都沒錯。不過呢，因為那時他已經爛醉如泥，所以我想無論對象是誰都無所謂吧……不過，之後才是問題。這場面正巧被同樣喝到爛醉的白夜叉大人碰上，因此她怒吼：『居然敢對我的同伴出手，這是什麼意思！』兩位大人也因此大吵一架。自此以後，或許是不知道該如何對應吧，帝釋天大人連視線都不願意和我對上。」

哼哼！女性店長（暫定）自豪地挺起胸膛說明。她對黑兔的態度那麼嚴厲，說不定也跟這件事情有點關係。

雖然十六夜對於武神和太陽神吵架的結果以及其他事情都很好奇，但總有會多惹麻煩的感

覺，最後還是踩了煞車沒開口打聽。

「話說回來『Thousand Eyes』的業務範圍真廣啊，居然連『天軍』的會議都得處理。」

「正確說法是由我等以外的共同體負責恐怕會引起糾紛。畢竟沒有其他既不屬於『天軍』，同時還保持中立的巨大共同體。」

「是那樣嗎？」

「嗯。基本上，你知道『天軍』的正式名稱嗎？」

十六夜搖搖頭，表現出稍作思考的反應。即使並沒有聽說過正式名稱，但他仍舊隱約察覺出「天軍」的真實面貌。

「天軍」——據說是最強武神集團的諸神聯合共同體。十六夜曾聽說過隸屬於此共同體的神群不僅有佛門，還包括奧林匹斯眾神以及天使等，可說是多種多樣。

而十六夜原本待的外界，有一個很類似的概念。

名為「天部(deva)」。

在印度神群中是指諸神，在希臘神群中是指主神，在舊約聖經中意指唯一神，在「拜火教」裡代表惡神的語源，就是「deva」。

而「天軍」，應該是斯拉夫神群和凱爾特神群加入後才取的名稱吧。

「『天軍』原本是為了對抗敵托邦魔王才組織的混合神群。在這個任務結束後，主要是由原本就屬於『天部』的『護法神十二天』來擔起職責，只有在他們無法行動的臨時狀況下，才會由天使和奧林匹斯諸神出擊……這就是『天軍』現在的結構。」

「哦……雖然聽說過不少關於敵托邦魔王的說明，不過居然為了打倒一個魔王而弄出這麼個聲勢浩大的組織。」

「我也是這樣認為。然而據說即使如此對方還是能夠反抗，所以的確是個名符其實的大魔王吧——話說回來，聽說你打倒了和敵托邦同格的大魔王，這好運真是讓人害怕呢。」

女性店長露出帶著諷刺的笑容，她是在繞著圈子表示「你能打倒魔王只不過是偶然」吧。

不過十六夜並沒有否定，而是笑著接受。

「嗯，我也那樣想。」

「很好，這心態值得肯定，記得保持下去——嗯，到了。」

兩人來到旅館深處的一區。

天然溫泉入口的門簾上掛著一塊寫有「本日已被包場」的牌子。

原來如此，那個脫衣狂在這裡應該也能負責接待不會發生問題，真是選了個好地點。

拿到木製臉盆和毛巾的十六夜在門口和女性店長道別。

這時，她留下一段話：

「然而——自古以來，無論是什麼樣的英傑，要打倒魔王都牽涉到好運。我認為沒有必要

懷疑獲得的勝利，十六夜大人。」

聽到自己名字的十六夜似乎嚇了一跳，他望向女性店長的背影。

目送對方保持端正姿勢離去的模樣，十六夜聳了聳肩。

「……這下輸了一場。才想說聽到被叫了名字，沒想到還同時被看透。」

不但被對方精彩贏了一局，而且還贏了就跑。實在很沒有面子。

十六夜在腦裡記住下次見面時要拿張名片，然後穿過男性浴場的門簾。

＊

——「Thousand Eyes」旅館溫泉「少彥名之湯」。

十六夜脫下衣服把毛巾圍在腰上，單手拿著木製臉盆走向浴場。

才剛打開大門，他就發出感嘆聲：

「嗚喔，這真的很棒！」

混在霧氣裡的檜木香味刺激他的鼻腔。

明明只隔著一道門，卻能讓人產生彷彿迷途進入森林的錯覺。

雖然這裡是露天浴場卻還能如此布滿霧氣，應該是因為採用了會讓霧氣充滿圍牆內部的構造吧。還透過一瞬間奪走視野同時讓含有檜木芬芳的霧氣沿著鼻腔灌入肺部的情況，來製造出宛如身處森林之中的錯覺。

沿著地上鋪有大理石的浴場前進後，出現用來點綴景觀的樹木。

看起來似乎是從「Underwood」巨大水樹扦插而來的這顆樹木不只裝飾了浴場的景觀，還從樹幹前端噴出溫水，形成一個小瀑布。

只要閉上眼睛，就會聽到流水聲和落水聲一同響起，真的讓人心情舒暢。

目前視覺、嗅覺、聽覺的滿意度都是最高分，從造型上也可以感受到講究的安排。雖然不甘心，但不愧是大型共同體「Thousand Eyes」。

最後只要關鍵的溫泉能滿足觸覺，就無可挑剔。

沖掉身上參加礦山恩賜遊戲時沾染的塵土後，十六夜帶著久違的期待心情，把腳尖泡進浴池裡。

這時，霧氣另一邊傳來響亮的說話聲。

「很好很好很～好，真的很努力！你的酒量比外表看起來更好嘛，希臘的小夥子！好，妳們這些女服務生們也拍個手！」

「呀～好厲害♪」

「希臘的年輕少爺真了不起♪」

「希臘的……呃，他的名字是什麼？」

「妳真笨，這是『Perseus』的少主，盧吉大人！」

「……嗚嗯……」

呀啊～！盧吉大人好厲害！

——就這樣，被叫來陪侍的女孩們發出的興奮尖叫聲響遍整個浴場。而且她們身上只有用一條厚毛巾來遮住雪白肌膚，實在很慷慨大方。

至於名字被記錯，根本只剩下一個「盧」字正確的盧盧由於已經整個醉了，看來連糾正的力氣都不剩。

以向來軟弱的他來說，這次算是相當努力吧。

溫泉、女人、美酒……乍看之下像是外界也經常出現的接待光景，然而這種和沉靜浴場並不相稱的氣氛讓十六夜把先前的滿意態度整個拋開，帶著厭煩情緒垂下肩膀。他也是個健全的十七歲少年，因此並不是討厭尋花問柳的行為，反而該算是喜歡。只是希望要嚴格挑選時間、場合、地點以及女陪侍的類型。

如果想要充分享受在建造時精心營造出森林氣息還能滿足五感的這個浴場，這次的接待應該要挑選文靜而且懂得讓男性有面子的女性來服務。

雖說像是在歌舞伎町那一帶從事特種行業的女性也不錯，但是能更襯托出這場地的人選毫無疑問是前者吧。在這個散發沉靜氣息的浴場裡，只要靜靜微笑並幫忙倒酒就已經足夠。

（真是，貓耳小不點少爺在這方面還是不夠深入了解嗎？）

之後必需仔仔細細地傳授一番才行……十六夜增加了一條反省項目。到時候前往花街的費用可要讓「六傷」負責。
十六夜卡在入口滿心不以為然，這時注意到他的另一名男性，格利向他搭話：
「嗯？你來了啊，十六夜。別站在那種地方，快過來這邊。你應該也喝酒吧？」
「好，格利你也有好好享受嗎？」
「嗯，蘭姆酒很好，但這個叫御神酒的東西也不錯。」
使用人化之術變成人型的獅鷲獸格利開口回答，手上還拿著一點八公升的酒瓶。
十六夜重新觀察格利的外表，不管怎麼看都是個高大英俊的好漢，爽朗又透露出高尚品格的笑容正帶著王族的風範。只要閉上嘴再穿戴整齊，應該會有女性主動接近示好吧。
問題是平常卻會穿著T恤和短褲亂晃，實在可惜。那種男子氣概真可說是充滿霸氣。
（眼前有這種好漢卻沒有特別關心，表示這些女孩也是真正的專家嗎？）
十六夜稍微提高了對女陪侍們的評價。
他在避免被御門釋天注意到的狀況下來到格利身邊坐下，無奈地搖了搖頭。
「雖然有酒池肉林這種說法，但沒有其他能舉辦宴會的地點嗎？來溫泉旅館的目的應該是要休息放鬆吧？」
「哎呀哎呀，十六夜，你怎麼會說出如此淺薄狹隘的發言呢？土地的用途對每一個人都不同。聽說為了追求自身喜歡的水源而跋涉千里後，也有某些『馬頭魚尾怪（Hippocamp）』和『獨角獸（Unicorn）』會選擇深山溫泉作為居住地。和那種情況相比，在溫泉旅館熱鬧設宴這種程度的行為根本還算不上

是特殊分子。」

寬容的獸王是在表示對土地價值的認定和掌握方式都因人而異，既然想開宴會，隨對方高興又有何妨呢？

認為這話也有道理的十六夜點點頭拿起酒杯，格利默默地為他斟酒。

把倒滿的酒一口氣喝完後，御神酒的味道逐漸脹滿整個胸口。

大概是打開酒桶後就立刻移進瓶子裡帶過來吧，味道似乎比市面上的酒更芳香醇厚。

包括味覺在內的五感全都獲得滿足，讓十六夜心情愉快地泡在溫泉裡。

「然後呢？看起來好像挺熱鬧，你們是在玩什麼？」

「嗯，是在玩每喝光一瓶一點八公升的酒，御門兄就要講一件武勇傳奇的遊戲。盧奧斯兄是在第三瓶時醉倒。」

「哦？沒想到盧盧這麼努力。是說，那傢伙根本無意隱藏神格嘛。那麼，講了什麼武勇傳奇？和太陽神的決鬥？還是和阿修羅族的戰爭？」

「那些已經說完了，剛剛則是大家一起聽了討伐『七大妖王』的故事。」

正在喝酒的十六夜聽到這話，露出苦澀的表情。

「……真是個似乎也會添亂的話題，絕對不能傳進蛟劉跟小迦陵耳裡。是說，那些傢伙知道御門釋天是誰嗎？」

「不可能知道吧，對他們七兄弟來說，佛門正是宿敵。要是得知御門兄在下層現身——」

前。

「不，七天兄弟已經知道了。」

兩人猛然一驚，紛紛移動視線。只見喝到滿臉通紅的御門釋天似乎很愉快地站在他們面前。

十六夜以懷疑的表情看著對方身影。

乍看之下御門的態度似乎很平易近人，然而十六夜並沒有放鬆警戒。這是因為他還沒看出這男子降臨下層的理由。

——「軍神」帝釋天。雖然有許多武神，但是如果要問誰是最強大最有名的武神，那麼即使問了一千人，也全都會異口同聲地回答這個名字吧。帝釋天也被稱為雷神、軍神、英雄神、諸神之王，印度最古老的聖書「梨俱吠陀（Rigveda）」中其實有三成的內容是在讚美他。儘管因為後來皈依佛門，使得身為佛神之一的一面比較為人所知，然而據稱他是靈格可以匹敵希臘主神和唯一神的最強大最古老神明之一。

如果這男子並非替身而是真正的帝釋天，那麼很難相信他來這裡只是為了接受招待。帝釋天這個神靈就是擁有此等絕大地位和力量的大神。

（…………）

——像這種算是超超超偉大的神明大人。

居然在溫泉裡大聲喧鬧，一邊帶著陪酒小姐，一邊做出活像是壞心客戶大老闆試圖灌醉對手企業新員工的行徑，到底算是什麼狀況？

（……不，仔細想想，傳說裡的帝釋天的確是這樣的廢神。不但好酒又愛女色，甚至還被批評為「一旦行動只會畫蛇添足」。）

十六夜在腦裡降低對帝釋天的評價。

單手拿著一點八公升酒瓶的釋天對此似乎渾然不覺，擦著嘴角露出無畏笑容。

「怎麼啦？如果有事想問大可以直接問我，不需要因為我是出資者而客氣。畢竟今天可是袒裎相見的宴會，不必講究禮儀！」

「喔喔，承蒙您費心。」

格利走向前方，像是要保護十六夜。就算釋天表示不必顧慮禮儀，但十六夜可擁有那樣的個性。格利應該是想避免不小心惹怒對方的情況吧。

「剛剛才聽您講過征討『七大妖王』的經歷，但正如您所知，東區的『階層支配者』是過去自稱『覆海大聖』並與您為敵的魔王，所以我擔心對方是不是來找了什麼無中生有的碴。」

「啊～關於這事啊……嗯，雖然鬧了不少糾紛，不過我已經去見過大聖的義兄弟們，而且還進一步取得了『精靈列車』的許可。沒有任何事情需要擔心。」

「……哦？居然這麼順利地就能見到那個最厭惡佛門的小迦陵。」

十六夜在格利背後開口吐嘈。雖然受到格利以視線勸諫，不過當事者的釋天卻以毫不介意的態度繼續說道：

「怎麼可能會順利。黃龍的孫子也就算了，才剛跟金翅鳥的公主打了照面，我就差點被殺。

都已經過了這麼多年，那個野丫頭公主還是沒變。」

「……？差點被殺？你嗎？」

「沒錯，現在的我是別人吹一口氣就會飛走的程度。因為稍微亂來去救了眷屬，結果把靈格都耗光了。拜此所賜，在來到這裡為止，碰上五次差點被人幹掉的狀況。哎呀，太受歡迎還真是辛苦呢！」

哼哼哼……依然醉醺醺的御門釋天笑著說道。

然而十六夜卻瞪大眼睛發出似乎感到很意外的聲音：

「你說幫助眷屬……難道是……」

「不過那種事情其實無關緊要，反正不管怎麼樣，我原本就預定要轉生成人類好降天到外界——那麼把談話拉回正題吧。這次的戰鬥要是沒有『萬聖節女王』和『七天大聖』前來協助，應該無法取得勝利。所以對於趕來救援的女王、蛟魔王、鵬魔王，還有幫忙排除分身體的酒天童子和牛魔王等人，都預定要給予相稱的獎勵。」

「……哦～不過那個討厭佛門的小迦陵會老實接受嗎？」

「會接受吧，因為打從一開始就把報酬先告訴那個野丫頭公主了。提出可以解放被囚禁在地獄裡的義兄弟靈魂後，她心不甘情不願地答應會出手救援。」

御門釋天的發言讓現場產生一陣騷動。

一方面是因為正好剛剛才講完「七天戰爭」的故事，另一方面應該是因為佛門居然會主動

提出像是認罪協商的交涉，這事實讓眾人受到了衝擊。

畢竟對象可是魔王。是一旦放於世上，就會化為災禍顯現，難以打倒的非人怪物。把這樣的存在從地獄中解放，必定會引起世間的議論。

因為最糟的情況是「七天戰爭」有可能會再度重演。

「……哈！這還真是慷慨的處置啊，你沒有考慮到萬一的情況嗎？」

「你是指對方再度前來挑釁的情況嗎？」

「嗯，雖然我不知道蛟劉怎麼想，但小迦陵的恨意看來很深喔。箱庭該不會又要發生動亂了吧？」

「應該不會發生那種事，因為那些傢伙當時的目的是要救出齊天大聖，而這個目的已經達成。雖然金翅鳥的野丫頭公主的確有點危險……不過也沒什麼，到時再讓『護法神十二天』出面就好，並不是嚴重到必須擔憂的事情。」

御門釋天喝了口酒，愉快地放出一身酒氣。居然繞著圈子誇口「有自己在就沒有任何問題」，這行動果然很有軍神風格。

「哼，我是不討厭放大話的傢伙，不過真想多見識一下『護法神十二天』對世上做出貢獻的實際場面。」

「哈哈哈！你這混帳吐嘈吐得真精準啊！」

「別裝傻，你們沒想到要出面打倒阿吉·達卡哈嗎？」

十六夜以稍微加強的語氣發問。雖然他自認這只不過是帶了點諷刺之意的發言，不過卻意外地發揮出戲劇性效果。

御門釋天收起表情，明確地搖頭並斷言道：

「以前還姑且不論，現在完全不會有那種想法。」

「……你說什麼？」

「那是為了讓人類能創出未來，而背負著人類罪業化為怪物的存在。所以打倒他是人類的責任和義務——哼，跟他交手過的你應該很清楚吧？那玩意在長久星霜歲月中，一直期待被人類勇者打倒的瞬間能夠到來。」

聽了御門釋天的發言，十六夜不由得陷入沉默。那應該是只有賭命和阿吉·達卡哈戰鬥過的十六夜本人，還有已經過世的傑克有機會得知的願望。

「你……有跟他戰鬥過？」

「有啊，因為在那傢伙成為『人類最終考驗（Last Embryo）』之前把他封印住的人正是我。」

真讓人受夠了……御門釋天咒罵道。他的語調裡似乎帶著些親近感，大概是因為他們都誕生於同一世界的膿包中吧。

「……哦，意思是『拜火教』中第一個打倒那傢伙的人……」

「嗯，那是我降天為人時的事情，靈格比現在還強大一點。認為討伐印度神群的惡龍弗栗多（Vritra）和討伐阿吉·達卡哈這兩件事有相同起源的理論跟這部分有點關係，不過如果讓身為當

事者的我來說，其實兩件事根本不同。在那個時候，毫無疑問是弗栗多要強得多。」

哦？十六夜發出感到意外的聲音。他並沒有聽說過這段傳承的來龍去脈，看來阿吉・達卡哈並非打從一開始就擁有絕大的力量。

御門釋天把酒杯塞進酒桶裡隨手舀起一杯酒後，繼續講述武勇傳奇（？）。

「問題在阿吉那傢伙從封印地窖出來後才發生。出面和他再戰之後，我發現那傢伙居然變強到莫名其妙的地步。當時的『天部』成員差點被僅僅一個魔王打退，真的是驚天動地。」

「……那還真驚人，完全偏離常軌。」

「沒錯。而且後來八岐大蛇、死眼巴羅爾、巨狼芬里爾（Fenrir）、天之牡牛、馬雅末日、世紀末王安哥爾摩亞（Angolmois）也接二連三地變強回來，發現再這樣下去不是辦法，也想知道是怎麼回事而展開調查後，才搞懂能戰勝那些傢伙的人選只有破解各魔王靈格指出時代的末世論之謎的人類，否則就算是全能領域（箱庭三位數）也無法打贏。不知道究竟有多少神群被那些強到犯規的傢伙殲滅。」

十六夜聽說過這些最古老的魔王曾經摧毀百萬神群，而且這數字並非比喻。對於知道當時情況的帝釋天來說，想必是一份痛苦的回憶。

「後來為了封印這些傢伙而創造出『主辦者權限』……你知道這些事嗎？」

「嗯，大概知道。」

「那我就省略這部分。簡單來說就是那樣……『要在能把魔王封印住的期間內對人類實施各種考驗（遊戲），好培育出英雄英傑！』的做法促進了恩賜遊戲的普及，不過這種方式順利對應的極限只有到一九九九年為止誕生的魔王。我們這邊也被遊戲普及時發生的『全能悖論（Omnipotent Paradox）』與『衰微之風（End Emptiness）』給封印了大部分的權能，真是禍不單行。不過呢，這也成為打開通往全權領域（箱庭二位數）之路的契機啦。」

「……？在那之前都沒有二位數嗎？」

「不，只有四人。因為聽說那些傢伙是從誕生時就存在的宇宙真理（Brahman）的原型，跟我們的構造完全不同。現在包括釋〇在內，大概也只有十七人左右吧。」

　換句話說大部分仍舊空白。明明箱庭聚集了如此多的修羅神佛，但二位數卻還只有十七個位置已有人入座。

「那麼回題吧——這些最終考驗最後只剩下魔王阿吉・達卡哈，問題是不管怎麼做都無法打倒他……你懂嗎？就算我們降天為人類，依然無論怎麼樣都無法打倒他。」

　這帶有弦外之音的發言讓十六夜疑惑地皺起眉頭。

「……意思是就算貫穿他的心臟也不行？」

「沒錯。頭上和雙肩的封印樁柱是我等『天部』降天時施加在他身上的東西，當時也貫穿了心臟，但是那傢伙仍舊可以復活。兩百年前金絲雀和她的同伴們再度封印了那傢伙——然而即使如此，還是無法奪走他的生命。」

　御門釋天一邊搔頭，同時瞇起眼睛看向十六夜。

「那在之後的三個月，我這邊也想辦法絞盡腦汁思考。逆迴十六夜，我對打倒『阿吉・達

卡哈』的必須破解條件的分析如下：

①擁有的武力足以打倒阿吉．達卡哈的人類英傑。

②能夠解開阿吉．達卡哈內含的末世論X之謎的賢者。

③明知阿吉．達卡哈不會被打倒依舊奮勇挑戰的異世界勇者。

「——這三個條件，你不是都具備嗎？」

御門釋天收起開朗的態度，對著十六夜提問。他提到的「異世界」應該是指十六夜等人原本居住的外界吧。所以釋天是推論既然阿吉．達卡哈擁有會終結人類歷史的那類靈格，那麼解決此事該是外界人類必須出手負責的責任和義務。

而十六夜等人在戰鬥之前也考察過阿吉．達卡哈的靈格究竟是指什麼，或許釋天是想表示在那之中存在著解答？

然而十六夜卻以帶著懷疑的視線反問：

「我知道你想說什麼，但是我們沒考察得多深入耶。如果真要說，也頂多只有猜測阿吉．達卡哈的靈格會不會是NBCR武器而已。」

「……嗯，大規模殺傷性武器嗎？方向性雖然類似，但和我的考察並不一致。」

哦～十六夜這次發出像是真心感到佩服的聲音。只提到NBCR武器就能推測出自己這邊的考察內容，表示這傢伙也已經找到相當接近確信的答案吧。

十六夜撿起掉在地上的酒瓶，露出笑容像是被帶起了點興趣。

「那麼，就請帝釋天大人……」

「是御門釋天，我不是那種帥神。」

「是啦是啦。那麼，就讓我洗耳恭聽一下御門某某大人的考察吧。你認為阿吉・達卡哈……末世論X是什麼樣的天災？」

以誇張動作點頭並接受十六夜幫忙倒酒後，釋天從木製臉盆裡拿出恩賜卡。

「這個嘛，原本這些事情並沒有告知在四位數以下的人……不過你有些特別。還有對於箱庭世界和外界，以及『歷史轉換期（Paradigm Shift）』，也是先有些概念會比較好。我會使用模擬『契約文件』來從頭說明，你要仔細聽好。」

語畢，釋天召喚出一張「契約文件」並開始慢慢解釋。

*

人類歷史的匯聚點——被稱為「歷史轉換期」的狀態有三種。

①由於發現超常現象、概念而導致匯聚。

②國家、宗教等集團的動向造成的匯聚。

③基於個人的能力、判斷而發生的匯聚。

在這三種匯聚中，列在越前面的規模就越大，越後面的規模越小。畢竟歷史由人類營造，而考慮到這些狀態對人類會帶來的影響，這也是理所當然的差距。例如人類開始用雙腳步行就被認為是因為某地發生大地震的影響。

國家、宗教更不用說，光是「數量大」就代表對歷史造成的影響必然會較大，還可以認定國王和團體領導人也包括在這一項內。例如在升格為神靈的考驗中，破解條件是收集「一定數量以上的信仰」，正是因為這點對歷史會造成如此大的影響。

和前面兩項相較之下，個人的能力、判斷會帶來的影響就小很多。程度大概是像「開膛手傑克（Jack the Ripper）」那種獵奇事件在事後被當成紀錄片傳出去時會發生匯聚現象吧。

不過凡事都有例外。

為了啟發這個例外，御門釋天提出一個遊戲。

「——信長的展望——

前提：織田信長是日本史上的巨大『歷史轉換期』之一。

根據這個前提，回答以下問題。

問①：織田信長的出生是否包含在轉換期內？

問②：尾張國的時勢傾向是否包含在轉換期內？
問③：織田信長在本能寺之變中失去性命，是否包含在轉換期內？
問④：解釋問③答案的理由。

『御門釋天』印」

「……唔。」

十六夜把手搭在下巴上思考。

把織田信長作為題材，是為了讓身為日本人的十六夜更容易理解吧。就算不以織田信長為例，也必須找出符合同樣條件的案例，否則無法用來說明。

為了避免動搖國家的史實觀，只能把問①和問②當成必然現象。

至於問③，感覺也是同樣的現象。然而如果問③和前兩個相同，那麼問④就沒有意義。

（……意思是要我思考嗎？）

十六夜對出題的內容略感佩服。以一個指導用遊戲來說，設計得確實巧妙。不但能體會出題者的意圖，而且還可以促進答題者動腦思考。

（假設織田信長在本能寺之變後依然活著，結果會如何？豐臣秀吉和明智光秀就不會進行山崎之戰，豐臣的時代當然也不會到來——既然如此，表示織田信長果然還是必須死在本能寺嗎？）

甚至會導致後續的日本歷史遭到破壞，一國之主的生死就是如此嚴重的事件。還有另一個重要原因，是本能寺之變後活躍的主要諸侯大部分和織田信長有關。

要在織田信長不離開舞台的狀況下維持原本歷史，是不可能辦到的事情——思考到這邊，十六夜以突然注意到什麼的態度看向文件內容。

「『問③：織田信長在本能寺之變中失去性命，是否包含在轉換期內？』……噢，原來如此，是這樣啊。」

「你知道答案了嗎？」

「嗯，答案是問①問②是ＹＥＳ，問③是ＮＯ。織田信長的死』『歷史轉換期』，這就是最後答案。」

御門釋天和格利都「哦」了一聲。

格利歪著腦袋重新確認內容。

「但是，十六夜。這樣的話之後的歷史不會產生矛盾嗎？我對你祖國的歷史並不是很了解，不過也曾聽說過信長這個魔王。這等人物的生死若是無法確定，不會造成後世的困擾嗎？」

「是沒錯，要是織田信長一直身為箭靶，會阻礙後來的時代。然而織田信長的死有點特別，這名武將並沒有被任何人發現屍體。」

沒錯——就像「哈梅爾的吹笛人」那樣，織田信長的結局存在著複數說法。在本能寺之變中沒死還成功逃走的說法，是至今仍舊受到支持的假設之一。

屍體沒有被發現＝並未確定死亡。

「換句話說，正確的轉換期內容並非『織田信長之死』，而是『織田信長從歷史中退場』。嗯，這大概算是個不符常規的案例吧。如果信長在本能寺之變後還活著，而且也沒有放棄野心，是不是會被強制召喚到箱庭呢？」

「正確答案。過去信長曾以魔王的身分被召喚三次，每一次都是『在本能寺之變中活下來的信長』。本來碰到這種狀況時，符合道理的做法應該是要賜給明智光秀恩賜讓他能確實殺死信長，並藉此取得歷史的平衡。然而這樣一來，就必須給予豐臣秀吉更強大的恩賜。所以活下來的信長才會因為要修正歷史而被召喚到箱庭……不過被召喚三次卻三次都變成魔王的人類大概也只有他一個吧。」

不愧是第六天魔王，能讓軍神如此傻眼真是相當了不起的器量。

「像這種『存在於史實上卻沒有被任何人觀測到的現象』在箱庭裡也受到閱覽限制，是連『拉普拉斯惡魔』也無法觀察的領域，被總稱為不可觀測領域（Black box）……好啦，接下來才是正題。」

御門釋天從浴池中起身，坐到邊緣上。

「逆迴十六夜，關於阿吉．達卡哈的靈格是大規模殺傷武器的推論，我等『天軍』可以明確否定。原因就是那大規模殺傷武器的開發者已經把主權寄放在我等這裡。」

「……啥？」

「在這個箱庭中，現象和概念等主權全都可以置換成比恩惠更高階的力量——『權能』並

進行讓渡行為。你過去應該見過星之主權的互相轉讓吧？就當作是類似的情況就可以了。」

例如太陽主權和食變光星阿爾格爾的主權，這些主權的確可以當成有形物轉讓。現在的十六夜也從自稱殿下的少年那裡得到並代為保管著一個太陽主權。

「如果開發者們信仰特定的某個神群，就可以透過該神群來代為保管或是進行監視。因此我能斷言，ＮＢＣＲ武器和阿吉．達卡哈沒有關係。」

——逆廻十六夜的考察並不正確。

聽到暗示這結果的發言，讓十六夜倒吸了一口氣。

「等一下，那麼阿吉．達卡哈還活著……」

「不。那傢伙已經死了，這點毫無疑問。」

御門釋天的回答讓十六夜有點失落。他注意到這反應後，才察覺原來自己從那天起就下意識地抱著某個願望，忍不住煩躁地咂了咂舌。

「逆廻十六夜。我啊，很確定最後兩個『人類最終考驗』，也就是『魔王阿吉．達卡哈』（末世論Ｘ）與『敵托邦魔王』（末世論Ｙ）都是從不可觀測領域中出現的魔王。」

「意思是？」

「這兩個魔王和天災不同，毫無疑問是人禍。然而在二〇〇〇年代以降，真有可能出現兩次這種規模的人禍或是技術開發嗎？」

「…………」

「所以我等推論出的答案如下：末世論X和末世論Y是一體兩面，形成其核心的技術、概念是同一事物，孕育出他們的人物也是同一人——然而，關於那人物的身分是不是成了歷史上的謎團呢？」

哦……十六夜發出感到意外的聲音。原來如此，居然是這種理論。

御門釋天的解釋如下：

雖然可以肯定引發末世論X／末世論Y的近未來超級技術的確存在，然而即使到了未來，「發明者到底是誰」的根本性問題卻依舊未被釐清。

反過來說，他應該是認為只要能確定是哪個人在何時何地製造出那個超級技術，就有可能透過神群之手來進行管理吧。

（以我個人來說，是認為『第三類永動機』很可疑……畢竟之前並不是靠製造出「第三類永動機」來破解了遊戲。）

十六夜絕對不是有能力製造出「第三類永動機」的人，他只是用了一點祕技才得以破解。

就算想問柯碧莉亞，她也在阿吉·達卡哈之戰後就失去意識一直沉睡。說不定就是要睡到御門釋天口中的「真正創造者」現身後才會清醒。

「嗯……我是可以聽懂你的解釋，但如果是那樣，為什麼我能夠打倒阿吉·達卡哈？我還以為不解開那個歷史上的謎團就無法打倒他。」

「這就是我等最想不通的部分。我原本還以為肯定是你已經解開了不可觀測領域的謎團，

但實際上似乎不是那麼回事——逆迴十六夜，你為什麼能成功打倒阿吉．達卡哈？」

聽到御門釋天這認真的質問，十六夜忍不住在內心裡反罵：「這種事情我才想問咧，笨蛋。」

「連神明大人都不懂的事情，我怎麼可能會知道？反正我打倒他對你們又沒壞處，就當作是天上掉下來的好運不就得了？」

「問題是偏偏不能那樣想。要是無法特定出那個人物，無法保證將來不會發生新的末世論。我還想過或許你就是開發者……」

「怎麼可能。」

「對吧！可是那樣一來，有可能的原因只剩下你間接地——」

講到這邊，御門釋天突然以像是察覺到什麼的態度望向十六夜。他的眼中充滿驚愕，彷彿正在面對什麼難以置信的事實。

接著釋天以宛如吞下黃蓮的態度狠狠咬牙，用沒有人聽得見的低音量開口：

「——或者，是在雙方都沒自覺的情況下相遇了？」

他的發言沒有被任何人聽見，就這樣消逝在空氣中。

女陪侍正好在這時開口：

「御門大人，晚飯的準備差不多好了……」

「嗯？……噢，已經這時間了嗎？哪個人來把那個年輕小子帶出去吧，看他都快被燙熟了。」

御門釋天指了指全身通紅，在浴池裡漂浮的盧奧斯。他不但爛醉如泥還長時間泡在溫泉裡，再繼續泡下去恐怕會有危險。

「晚點再繼續好了，逆廻十六夜。你應該還有其他事情想問吧？」

「嗯？可以嗎？」

「可以，因為這次是休假。如果可以等吃完晚飯再說，那我就奉陪。」

御門釋天這時恢復原先的態度，看樣子神明時間已經結束。

靜靜旁聽兩人對話的格利扛著盧奧斯站了起來。

「那就出去吧，不過這些負責招待的女孩們要怎麼辦？」

「這還用問，當然是一起帶走啊！天界可沒什麼機會可以像這樣玩個痛快，我偶爾也想……唔，對了，差點忘記提關鍵的要事。」

要事？兩人都不解地歪了歪腦袋。

御門釋天得意地扠腰說道：

「獎賞總不能只頒給七天和女王等人，畢竟你才是討伐大魔王的最大功臣吧？要是沒有獲得相對應的獎賞，未免太不公平。」

「獎賞？給我嗎？」

「喔喔，這真是好消息。其實這傢伙相當清心寡欲，但我總覺得他被召喚後建立的各式功

續應該要獲得相稱回報才對。」

格利用力拍向十六夜的背部，露出爽朗笑容。

在十六夜正想開口時，御門釋天搶過話頭。

「就是這樣！逆迴十六夜，現在就由我帝釋——」

「嗯？」

「由我御門釋天來直接賜給你獎賞吧！」

御門釋天一臉得意地改口，彷彿剛剛什麼都沒發生。要是能克制這種傲慢不遜的一面，應該會有多一點人把他視為神明虔誠傳頌吧。

（……不，或許這種有人味的部分正是他的優點。）

雖然今早提到的神明不是他，但帝釋天也毫不遜色，是個被內外神群把醜聞到處宣傳的神靈。就連鵬魔王的父親大鵬金翅鳥，追本溯源之後也是為了降低帝釋天的靈格才誕生的神靈。

身為最強的神靈，但是卻性好女色到了無人可及的地步，而且還是極度的酒豪。

傲慢、豪快、連兔子死去都會為之流淚，在諸神中最重感情的神靈。

說不定帝釋天是個能對一切清濁，包括人類善惡與喜怒哀樂都兼容並蓄的神靈。

「……唔，看你似乎想說什麼。很好，快點說說看吧。如果是現在，我御門釋天可以實現大部分的願望。」

「還真是慷慨啊。」

「沒錯。反正原本就打算要給你獎賞，如果有什麼想要的東西，也可以開口跟我要。」

御門釋天打了個嗝，醉醺醺地笑了。看到這笑容，十六夜也放鬆了原本緊繃的雙肩。剛開始還以為對方可能是在演戲，這下看來是真的醉了。

雖然覺得身為軍神這成何體統，不過挑剔一堆也只會掃興。

「獎賞……獎賞啊，其實我沒有特別想要的東西。」

「什麼？你這傢伙真的是清心寡欲，有夠無聊。我帝——不，御門釋天都說要賜給你獎賞了。而且如果是現在，也真的可以憑一股衝動和氣勢就實現大部分的願望喔。」

不愧是眾神之王，完全沒有捨不得獎賞的模樣。

然而就算他這樣說也只是徒增困擾。十六夜在來這裡之前是有想過要不要主動出手挑釁，不過現在已經不是那種氣氛。這樣一來哪還有其他願望——

「……啊，對了。有一個。」

「好，說出來聽聽。」

御門釋天手扠腰，大搖大擺地回答。

十六夜用手抵在下巴上，表現出略為沉思的態度。

雖然要作為獎賞或許不太對，但十六夜從以前就在尋求一樣東西。他原本想靠自己的力量去尋找，不過那本來就是個沒有線索的恩惠。

如果眼前的男子真的是帝釋天，應該可以輕鬆實現。

第四章

那我就不客氣了……十六夜先這樣打過招呼，才伸出大拇指朝向格利。

「我希望這個男人——獅鷲獸的英雄能獲得與他相稱的獸王之翼。」

——當十六夜講出願望的那瞬間——

「Thousand Eyes」的浴場就被幾乎刺眼的極光籠罩。

第五章

——「風浪礦山」溫泉街上的旅館。

要稍微往前回溯一些時間。

直到十六夜參加的恩賜遊戲響起宣告結束的銅鑼聲，被春日部耀帶著到處跑的黑兔和愛夏才獲得解放。愛夏筋疲力竭地回去旅館，黑兔則垂下兔耳繼續被耀帶著走。第一次非自願罷工的黑兔以打心底感到怨恨的眼神瞪著耀。

「嗚嗚……好憂鬱……不知道會被十六夜先生說什麼……」

「呃……別擔心，我也會好好幫妳辯護。」

「說什麼辯護！這次完完全全徹徹底底是耀小姐您該負責啊！」

啪！黑兔揮下摺扇的同時，也伸長兔耳拍打耀的腦袋。

看來新的兔耳追加了伸縮吐嘈功能。

居然成了兔耳摺扇，實在是多功能。

「總……總而言之！必須先和飛鳥那邊會合！她們也有來溫泉街吧？」

「ＹＥＳ！人家的兔耳聽說的消息確實是那樣。飛鳥小姐和阿爾瑪小姐應該已經為了接待而來到這邊……」

黑兔觀察起周遭，正好這時——

久遠飛鳥和阿爾瑪特亞從溫泉街土產店裡開口向她們搭話。

「哎呀，兩位。時間算得真準。」

「飛鳥小姐！阿爾瑪小姐！妳們在買東西嗎？」

「嗯，我和主人一起逛了一圈。黑兔小姐負責遊戲真是辛苦了。看這情況，春日部小姐應該也有順利晉級吧？」

飛鳥似乎是帶著身穿女僕裝的阿爾瑪特亞在溫泉街上購物，兩隻手上都提著土產商品和溫泉饅頭等物品。

第一次看到阿爾瑪特亞人型外表的耀露出似乎感到不滿的表情。

「……真意外，原來阿爾瑪可以變成人型。」

「是可以，請問有什麼問題嗎？」

「嗯。明明山羊的模樣比較帥氣，為什麼要變成人型？」

聽到耀直截了當的感想，阿爾瑪差點笑了出來。

對原本是女神的她來說，不管是人型外表還是山羊外表肯定都是她的真實面貌。也從未考慮過兩者之間誰優誰劣吧。

然而看在其他人的眼裡，較常獲得讚美的果然還是人型外表。
隱藏在眼鏡後方的理性智慧雙眼。
美麗端整的五官。
還有已經超越肉感，只能用造形藝術才足以形容的肢體。
即使同樣身為女性，那藏在端莊女僕服之下，帶有十足女人味的身材依然會讓人忍不住感嘆吧。
然而耀卻不顧如此美麗的人型外表，反而稱讚山羊外型更加優秀美好。不習慣被人讚美的外表受到如此正面直接的肯定，當然會讓人自然而然地心情愉悅。
「謝謝妳，春日部小姐。但是我的主人就像這樣，擁有高純度的深閨大小姐屬性。所以我想妳應該也可以同意，隨侍在她身邊的人必須是一個能夠輔助不解世事的大小姐，而且文靜又理性的女性吧？」
「哎呀，妳對自己的評價還真高呢。我覺得在說什麼沉穩和理性之前，首先應該要掛上挖苦專家這招牌才對。」
飛鳥不高興地瞪了一眼，阿爾瑪則是優雅地掩嘴笑了。這樣看起來，兩人之間的氣氛和睦，與其說是主從，反而更像是一對姊妹。
耀也帶著微笑向她們發問：
「兩位也是想去溫泉？」

「嗯，太陽快下山了，我覺得這時間正好。」

「兩位也是來洗去身上塵土吧，要不要一起去呢？」

「YES！來開一場『No Name』的女孩聚會溫泉篇吧！」

黑兔豎起兔耳提議。尤其是阿爾瑪還沒參加過這種活動，最近忙於阿吉・達卡哈之戰的戰後處理和舉辦這次遊戲，實在無法安排這種時間。覺得這次是個好機會的黑兔擺動兔耳，但是不知為何，飛鳥和阿爾瑪卻帶著鄭重表情看了看彼此。

「……是啊，或許是個好機會呢，阿爾瑪。」

「真的好嗎？」

「嗯，畢竟是不久以後的事情，我希望先跟兩人提一下。」

「明白。」阿爾瑪恭敬地低下頭。

這次換成不知道她們在說什麼的黑兔和耀面面相覷，不過也沒有必要在旅館門口討論起來。眾人都同意先泡進溫泉裡再聊，於是走進旅館。

然而真正到達女性浴場入口時，才發現掛著「本日已被包場」的牌子。

「哎呀呀？好像被哪位包場了呢？」

「我想一定是波羅羅小弟，他說過要用來招待御門先生。」

聽到男性浴場傳來的吵鬧聲，眾人都理解地點點頭。既然是「六傷」包場，那麼她們進去應該也沒有問題。

進入女性浴場更衣室的飛鳥等人紛紛脫下衣服放到籃子裡。

這時，飛鳥突然注意到有別人的衣服。

（女性的浴衣……？是有人先進去了嗎？）

大概是和「No Name」或「六傷」有關連的共同體成員吧。飛鳥沒有特別介意，脫完衣服圍上毛巾。耀、黑兔和阿爾瑪也手腳俐落地進行準備。

打點妥當的眾人進入浴場，全都發出感嘆聲。

「這真是太棒了……！」

反應最大的阿爾瑪快步往前走。對來自歐洲的她來說，露天浴場這種文化應該很罕見吧。平常沉靜的她難得發出如此激動的聲音。

「阿爾瑪，妳是第一次來露天浴場嗎？」

「嗯，雖然有聽說過，但實際進來是第一次。別有不同於室內浴室的風格，感覺很好。不過霧氣有點濃，必須特別小心腳步——嗚！主人快退下！」

突然，阿爾瑪大叫一聲並擋在三人面前。

她從右手放出閃電，彈飛從霧氣另一邊竄出的蛇蠍劍閃。由於視野太差，無法確定是來自誰的斬擊，但這銳利的攻擊讓阿爾瑪的視線也嚴肅起來。

剛才的劍閃並非意圖直接傷人。

恐怕只是想要撕裂遮住她們身體的毛巾而已。

「蛇腹劍……！擁有此等劍技卻想讓婦女暴露肌膚，真是不知廉恥！到底是誰！就算這裡是大眾浴場，也有無法原諒的行為！……有吧，主人？」

「啊……嗯。不過妳冷靜點，阿爾瑪。剛剛的蛇腹劍……」

精確瞄準一塊薄布的蛇蠍劍閃。

「No Name」的三人對剛才那一擊還有印象。不，反而該說會利用如此鑽研粹鍊的劍技做這種蠢事的騎士就只有一個。

飛鳥望向霧氣的另一邊，同時平靜發問：

「該不會是……斐思．雷斯小姐吧？妳在這裡做什麼？」

「——那是我想說的台詞，這段時間應該已經被我包場。」

喀啷！浴場中響起木製臉盆被甩到地上的聲音。雖然無法確認藏在霧氣另一端的身影，但這聲音毫無疑問是女王騎士斐思．雷斯。

她平常總散發出沉穩冷靜的氣質，然而剛才的聲調裡卻帶著類似焦躁的情緒。即使飛鳥等人已經和斐思．雷斯認識一段時間，不過卻是第一次聽到她發出這樣的聲音。

只是不管怎麼說，是飛鳥她們自己誤會並闖入浴場。

原本該先打個招呼確認是否可以進來。

飛鳥伸手揮開濃得足以遮蔽視線的霧氣並往內部走。

「——！站住！我明明說過已經包場，為什麼妳還要過來！」

「關於擅自闖入的行為，我感到很抱歉。不過這是個好機會，我也有些事情想跟妳聊一聊。因為仔細想想，我好像只有受妳幫助的經驗。」

飛鳥回想過去，發現兩人在「Underwood」初次見面後，就一直是自己單方面受幫助。

巨人族之戰中斐思．雷斯救了飛鳥三次。

和阿吉．達卡哈對戰時也趕來救援。而且和無法投身前線的飛鳥不同，她一直待在最前線奮戰到最後。

明明欠了這麼多人情債，但是卻到現在都還沒說過一句謝謝。

「ＹＥＳ！人家也曾受過斐思．雷斯大人的幫助！雖然不知道能不能算是回禮，但請讓人家為您刷背吧！」

「不需要。我不記得幫過妳們，所以也不必回禮——等一下，比起那種事情，先聽我說話啊……！」

嘩啦……響起有人在水中移動並離開的聲音。如此慌張的她實在少見，這時問題兒童中年紀最小的春日部耀起了想惡作劇的念頭。

猜到一個可能的耀對著霧氣另一端輕聲發問：

「斐思．雷斯小姐，該不會……妳現在沒有戴面具？」

「——嗚！」

這瞬間，所有待在浴場裡的人都受到衝擊。

沒錯，所以她才要包場。

無論何時都不曾拿下面具的斐思‧雷斯現在暴露出真正的面貌，問題兒童們當然不可能放過如此有趣的狀況。

最先察覺到危機的斐思‧雷斯咂了咂舌，原本打算立刻往後跳並退開，結果還是晚了一步。

飛鳥和耀對著彼此點頭，瞬間用眼神取得共識。

「春日部同學！把霧氣吹散！」

「包在我身上！」

「嗚！妳們再隨性也該有點分寸吧——！」

女王騎士的焦躁感在此衝向最高點。

憑她的身體能力，要藏住臉孔衝到外面應該是輕而易舉，但畢竟現在身上只有一條毛巾。再怎麼說也不能光溜溜地跑到大街上，騎士稱號肯定會被剝奪。

然而也沒有地方藏身，霧氣還被耀刮起的旋風瞬間吹散。

——這下已經完全無計可施。

「來吧！就請妳最後在大眾浴場裡展示面具下的真面目吧——！」

視野變得清晰。

所有人都屏氣凝神。

一籌莫展的斐思‧雷斯終於從霧氣後方——

——顯現出頭上蓋著木製臉盆的模樣。

「……嗚！原來還有這招……！」

從「面具騎士」變成的「木盆騎士」在此震撼誕生。明明她根本沒打算隱藏脖子以下的肌膚，卻只有臉孔似乎無論如何都不想被看到。

飛鳥她們沮喪到連旁人都能一眼看出，今後不知道何時還能出現這種千載難逢的機會。

「事到如今，乾脆來硬的也不失為一種方法」的念頭從腦中閃過。

但是這種邪心——卻被如昇龍般劇烈湧出的霸氣阻止。

「我先問問各位。對於這次的無禮行徑，認定妳們已經抱著拚死覺悟應該沒有問題吧？」

喀鏘，木盆騎士鬆開蛇腹劍的劍刃連接處。雖然脖子以上的部分被檜木製的臉盆蓋住所以無法確認她的表情，但現在肯定是燃燒著滿腔熊熊怒火。而且最糟糕的是，一行人的恩賜卡都放在更衣室的籃子裡。

飛鳥等人正赤手空拳地面對可能會被木盆騎士斬殺的危機。

「等……等一下！我們只是開開玩笑！」

「Y……YES！這是問題兒童大人們經常做出的胡鬧行為！人家之後會好好說教，這次請您看在……」

「這對兔耳的份上。」

「原諒我們吧……咦！耀小姐！」

「我明白了，就以兩隻兔耳作為原諒妳們的代價吧。」

喀鏘。

「為什麼！為什麼沒做壞事的人家必須犧牲兔耳？」

「因為妳是犧牲奉獻的兔子？」

「YES！不對！這樣根本不合理啊！這個大傻瓜！」

啪！黑兔伸長兔耳拍打耀的腦袋。

斐思・雷斯旁聽著這些對話，同時嘆了口氣。

明明這次對她來說，是可以拿下面具靜靜休息的不可多得機會，為什麼會變得這麼吵鬧？

「…………」

喀鏘！

「好，請等一下！現在的人家沒有餘裕再耍一次同樣的搞笑！為了表示歉意，由人家為您刷背吧！來，請到這邊！」

黑兔利用往前竄逃的嶄新戰術來握住斐思・雷斯的手，把她帶往沖洗處。大概是察覺到對方發出真正動怒的氣勢吧。

這出乎意料的展開讓飛鳥和阿爾瑪一起露出苦笑。

「……算了，或許這樣正好。畢竟我也想先跟她說一聲。」

「真的好嗎？」

「嗯，因為是這樣的約定嘛。」

飛鳥看了看阿爾瑪，然後走向黑兔她們的身邊。

於是女性成員們就一起幫忙彼此刷背，然後才泡進浴池裡。

*

叩！鹿威的聲音在浴場中迴響著。原本吵吵鬧鬧的眾女性們也暫時恢復平靜，現在正融洽地放鬆享受。黑兔伸個懶腰挺直兔耳，以舒緩悠閒的語氣說道：（註：鹿威是日本庭園中常見的擺設，是一個接水的竹筒，外型類似蹺蹺板，竹筒倒水後歸位時底部會敲打石頭發出聲音）

「真是個美妙的時間，最近的繁忙工作簡直像是一場夢。」

「是啊。既然是這麼棒的溫泉，大家一起享受是最好的方式吧？」

「…………」

木盆騎士以沉默對應飛鳥的提問，看樣子她似乎還在生氣。

所有人都露出苦笑，這時，阿爾瑪刻意咳了一聲集中眾人的注意。

「雖然有外部人士在場，不過能像這樣袒裎相對也是一種緣分。所以要不要趁這機會來稍微討論一下『No Name』的現狀呢？」

「現狀？」

「是指哪方面？」

耀和黑兔都側了側腦袋，斐思・雷斯則只有以動作表現出她有在聽。

阿爾瑪豎起三根手指，點出問題：

「首先，由於『No Name』處於領導人長期不在的狀態，有很多事務因此停滯。最大的議案應該是對於想要加盟的新申請只能暫時擱置不做處理。」

「YES，您是指目的是對抗魔王以及對抗『Ouroboros』的大聯盟吧？」

黑兔伸直兔耳。

「這大聯盟是以『No Name』為盟主，由『六傷』、『Perseus』、『Will o' wisp』等共同體為中心締結而成。而目前提出申請但尚未處理的有『Salamandra』、『覆海大聖』、『拉普拉斯惡魔』與『龍角鷲獅子』。」

「……真了不起，『階層支配者』都到齊了嘛。」

「不，也並非如此。北區的守護者『鬼姬』聯盟已經回覆不會參加這次的大聯盟。畢竟對方是聚集四位數的下級組織來構成，算是有些特殊的共同體……所以情況比較複雜。」

是這樣嗎……飛鳥回應。既然要成立對抗魔王的大聯盟，老實說很希望全部的「階層支配者」都能參加，然而如果對方有困難的話也沒辦法。

「然後我方主動提出邀請的對象是『混天大聖』、『酒天童子』、『Kerykeion』——以及那位大魔王的共同體『Queen Halloween』。」

「咦？」

這時木盆騎士（斐思．雷斯）發出詫異的驚叫聲。

黑兔豎直兔耳表情鄭重地點頭。

「討論時有個意見，認為既然白夜叉大人目前不在下層，為了守護下層秩序，三位數『階層支配者』的力量果然還是不可或缺……所以最後的結論是，先去找在這次戰事中最早挺身而出的女王並請教對方意見應該是個不錯的方案。」

聽到黑兔的發言，阿爾瑪點頭附和。

「說得也對。原本是南區『階層支配者』的『Avalon』應該是女王直轄的騎士團，就算不借用女王本身的力量，或許有機會請她派出下級組織。」

「……原來如此，所以妳們才認為應該要先告知我一聲嗎？」

雖然感到不以為然，但斐思．雷斯還是嘆了口氣像是總算理解。她在「Queen Halloween」

直轄的騎士「女王騎士團（Queen's Knights）」中位居第三席。

如果女王願意派出夠格擔任「階層支配者」的人才，那麼第一候補毫無疑問會是她吧。

耀一邊吃著偷帶進來的溫泉蛋，同時輕輕點頭。

「這樣啊，斐思．雷斯小姐跟我們都認識，要合作也比較方便。」

「ＹＥＳ！實力也有保證！既然是『女王騎士團』第三席，就代表在凱爾特神群中是實力排行第三的強者！充分具備擔任『階層支配者』的資格！」

黑兔期待得雙眼放光。

然而斐思．雷斯卻輕輕嘆口氣，搖了搖頭。

「原來如此，我明白來龍去脈了。能得到各位期待雖然榮幸……但是有兩件令人遺憾的消息。」

「咦？」

「首先，我並非是靠自身力量才得以位列第三席。劍技有四人在我之上，槍技則有兩人比我高明。原本我的席次頂多只到第九左右吧，依然能獲得第三席的原因……是針對我擁有恩賜的評價。」

「恩賜？妳是指蛇腹劍和剛弓？」

飛鳥歪著頭發問。

但是斐思．雷斯卻明確地搖頭否定。

「不，那些並不是恩賜。物質本身雖然來自妖精鄉，但基本上只是普通的武器。除了那些，我還另有一個固有恩惠……這樣說吧，我擁有和春日部小姐的『生命目錄』同格，甚至更在其上的恩惠。」

「……什麼！」

斐思．雷斯的告白讓所有人倒吸一口氣。

沒想到她居然擁有能和最高等級的恩惠「生命目錄」相匹敵的恩惠，這件事當然讓人驚訝，不過真正造成震撼的並不是這點。

畢竟飛鳥等人至今為止曾經多次看過斐思．雷斯的戰鬥。

她的戰鬥能力正可以用以一擋千來形容。她運用的緻密劍術非常高超，甚至可以和擁有數倍身體能力的十六夜打得不相上下。

然而如果她剛才的發言為真，那麼評價更是必須再往上提昇。

因為經歷過和巨人族、巨龍、還有阿吉．達卡哈等多場戰鬥，這個稀世的女王騎士——卻從來不曾使用她的恩惠。

「先等一下。既然妳擁有如此強大的恩惠，為什麼要隱瞞至今？如果妳拿出真正實力，說不定在面對巨龍和阿吉．達卡哈時，都可以讓戰局演變對我方有利。」

眼中發出銳利光芒的飛鳥提出指責。

這兩場戰事中都有許多死者，正可以用死鬥來形容。既然斐思．雷斯擁有那麼強大的恩惠，

說不定可以避免一些犧牲。

「……關於巨龍之戰我不打算辯解，當時沒有使用恩惠是基於我本人的判斷。不過和阿吉．達卡哈的戰鬥就另當別論，要是逆廻十六夜無法打倒阿吉．達卡哈——」

講到這邊，她猶豫了一會。似乎是在斟酌用詞的斐思．雷斯最後還是斬釘截鐵地說道：

「——我已經做好心理準備，在最糟的情況下就由自己出面打倒阿吉．達卡哈。」

「……！」

「不過，幸好最後並沒有演變成那樣。一旦拔出那把劍，就會暴露我的出身。而且最重要的是就算我用出那把劍，勝算也絕對不高。所以對於逆廻十六夜展現出的勇氣，我只有滿心敬佩。」

「原……原來如此。但是既然您擁有如此強大的力量，讓人家更希望您能擔任『階層支配者』！」

黑兔把身體往前探。看樣子不但沒讓她放棄，反而引起更大的興趣。斐思．雷斯一方面因為期待更加深而感到很過意不去，同時再度搖了搖頭。

「那是不可能的事情。我已經接到女王的詔命，所以無論同盟是否能成功締結，我都不會被派出來擔任『階層支配者』吧。」

來自女王的詔命。考慮到斐思．雷斯身為直轄騎士的狀況，詔命毫無疑問會比其他任何命令都優先。

黑兔垂著兔耳嘆了口氣。

「原來是這樣……那就不能勉強了。因為人家的兔耳曾聽說過女王騎士都是些個性強烈的人物，所以覺得如果能由比較有常識的斐思．雷斯大人您來擔任會比較好……」

「這點我也同意。我曾受過其中幾位的教導，那些人的感性的確和常人有點不同——這是我的建議，如果被派來的人是使槍的女僕，我勸你們立刻逃走。因為她會強迫人接受訓練直到成為用槍高手為止。」

木盆騎士（斐思．雷斯）把眼神投向遠方。

大概是想起什麼辛酸的回憶吧。

阿爾瑪確認對話已經告一段落後才舉起手開口：

「我了解女王方面的情況了。但是即使收到對方的回答，現在的『No Name』也沒有人能夠對應。如果領導人不在的現狀繼續下去，說不定會引起女王的不悅……黑兔小姐，妳能理解我想表達的意思嗎？」

阿爾瑪避開了太直接的講法。

察覺她想要進入正題的黑兔伸長兔耳點了點頭。

「……您的意思是我們無法繼續等待仁少爺回來，對嗎？」

「是的。既然要建立如此巨大的聯盟，那麼也不能推舉他人代理盟主吧。所以我等有義務進入選出新領導人的階段。」

阿爾瑪這段嚴厲的發言，讓所有人都陷入沉默。原本他們把一絲希望寄託在交換俘虜上，然而沒有收到「Ouroboros」的聯絡就無法行動。即使由其他人代理大聯盟的盟主並非難事，然而等仁回來後，恐怕不可能再坐回領導人之位吧。

「我聽說過仁先生是基於自身意志而留在『Ouroboros』那邊，我想一定是因為有什麼事情只有他能辦到吧。既然是這樣，『No Name』更應該尊重他的想法。」

「……YES，至少仁少爺並不希望共同體像現在這樣停滯不前。而且──」

不斷甩動兔耳的黑兔把視線移到耀身上。

「──仁少爺在很久之前就打算辭去領導人的位置。」

「咦？」

「在巨人族攻擊『煌焰之都』前，仁少爺曾這樣對人家說過：『若是我出了什麼意外，要把首領的位子讓給共同體的正統繼承人。』」

共同體的正統繼承人。

聽到這講法，所有人都把視線集中到春日部耀的身上。

耀驚訝到不小心把整顆溫泉蛋一口氣吞下。

「咦……啊？咦？不……不會吧！等一下！正統繼承人是指我？」

突然成為話題中心讓耀感到很焦躁。她原本以為這些事情和自己沒什麼關係所以只是靜靜旁聽，大概根本沒想到話題會以這種形式轉到她身上。

對於黑兔的提議，阿爾瑪邊仔細考量邊點頭。

「原來如此，這是個好主意。如果由前任領導人的女兒來繼承『No Name』，創設大聯盟時就能夠獲得邀請舊『』同盟的正當理由。或許還能比較容易獲准謁見女王。」

前任領導人兼被稱為「No Name」前身最強戰力的男子——春日部孝明的女兒。由於黑兔等人並不知道孔明（孝明）的姓氏，因此在召喚出春日部耀時並沒有注意到，然而要是發現，大概會採取不同的對應。而且這點也適用於十六夜和飛鳥身上。

仁大概是認為比起家族世世代代都只是負責看管金庫的自己，耀才適合繼承「No Name」。

然而當事者可沒辦法接受。

耀揮動雙手，慌慌張張地開口：

「等……等一下！想也知道不行！我根本無法擔任領導人！」

「是這樣嗎？耀小姐的實力已經急速上昇，而且腦筋也算是靈活。最重要的是，您非常重視同伴。所以人家認為您很適合。」

「可……可是……」

「而且！仁少爺應該也是考慮到有可能會陷入目前這種狀況，才會留下那種話吧？」

黑兔伸直兔耳繼續推舉耀。

雖然她們並不知道，但仁和珮絲特訂下約定也是因為有這段背景。他大概是打算把「No

Name」領導人的位子讓給正統繼承人，奪回名號和旗幟之後，就踏上能實現珮絲特願望的旅途吧。

然而不知道這些事的耀求救般地望向飛鳥。

「而……而且，如果要託付新領導人的職務，我認為還有其他人選！像十六夜和飛鳥都比我更可靠……」

「哎呀，我不那樣認為。而且十六夜同學今天早上才說過，現在連他也不知道能不能打贏妳。」

「啥！」春日部耀發出奇怪的叫聲。

雖然和愛夏說過不會再輸，不過她其實還是覺得彼此的實力尚有很大差距吧。耀完全沒有料到十六夜對她的評價已經提昇這麼多。

「十……十六夜他……真的？」

「嗯。不管怎樣，我並不覺得春日部同學妳比十六夜同學遜色很多。以我個人而言，是希望能從你們兩人之中選出新的領導人。」

「可是可是……如果是這樣，我想推舉飛鳥！妳比我可靠多了，而且也很努力，又很為同伴著想，雖然像男孩般活潑調皮不過氣質高雅又有禮貌！」

「不，春日部小姐。很抱歉，主人無法接任領導人的位子——主人，我想差不多是該提出正題的時機了。」

這似乎煞有介事的講法讓所有人都把注意力集中在她們身上。

飛鳥靜靜閉上眼睛，一口氣從浴池中站起。

「各位，希望妳們能冷靜聽我說。」

「……？好。」

「是！請問有什麼事呢？」

耀和黑兔都歪著頭發問。飛鳥很少會像這樣對所有人說話，雖然她具備行動力，但並不是會主動提案的類型。

霧氣略為消散，飛鳥抬頭望向晚霞，接著以帶有強烈意志的語氣宣布：

「我，久遠飛鳥——最後參加完這次的『金剛之礦場』後，打算離開『No Name』獨立。」

——山岳中的天然地下牢。

殿下被關在和熱鬧的礦山城鎮相反，完全感覺不到任何生氣的洞穴最深處。在定時送來食物的人出現前，他都是隻身待在這裡。

這種對待方式與其說是俘虜，反而更像罪人。即使沒有被鏈住，卻只能靠一棵小水樹苗流出的水來解渴以及稍微洗去一些髒汙，是非常嚴酷的環境。一般來說，有間單人房並保障最低限的食衣住等需求應該才是正確的對應吧。

「…………」

然而——他實在犯下太多罪，不配獲得那種待遇。

從「Underwood」開始，殿下等人襲擊了三個由「階層支配者」管理的箱庭主要都市，帶來毀滅性的打擊。獅鷲獸格利也在戰事中失去他的搭檔騎師。下層的每一處都燜燒著對殿下的怨恨情緒，也有很多人提出希望對他處以報復性拷問並使用殘忍的方法來處決。之所以沒有演變成那樣，是因為在打倒阿吉·達卡哈時他有出手協助十六夜。

而身為當事者的十六夜，也提出如果沒有殿下的助力就無法打倒阿吉．達卡哈的證言。若非如此，他恐怕早就被處決了。

（……算了，那樣也無所謂。）

殿下躺在直接裸露出岩石的地面上翻了個身。他原本就很少表現出帶著熱意的感情，現在的眼神更是冰冷。和行樂家（Storyteller）訂下的「打倒阿吉．達卡哈」的契約算是間接達成。如果沒有殿下的協助，「No Name」和眾伙伴們必定已經被擊潰毀滅。這下應該能暫時保住仁和珮絲特的安全。

殿下之所以沒有直接回到他們身邊，是因為判斷自己作為俘虜還有價值。如果「Ouroboros」認為殿下還可以利用，自然會主動提出交換俘虜的要求。

然而戰後過了三個月，目前依舊全無動靜。

殿下並不確定到底是被放棄了，還是自身已經不再有利用價值。不過毫無疑問，「Ouroboros」那邊肯定是發生了某種戲劇性變化，讓殿下不再是必要的存在。

這下總算成為自由之身，能夠隨自己高興建立人生計畫實在是一件美好的事情。

不過拜此所賜，他現在對什麼事都提不起幹勁。

（要出去是很簡單，就算這裡是「金剛鐵（Adamantium）」的礦山，沒經過加工也只是比較堅硬的礦石。憑我的實力甚至不需要用上什麼花招。）

或許這是十六夜的意思，是在表示：

「你是自願被捕所以想走就走，這下彼此互不相欠。」，然而就算離開這裡，也沒什麼想做的事情。

殿下試圖反抗「Ouroboros」的理由，單純只是因為他討厭自己的人生由別人擅自決定。除此之外並沒有什麼崇高的願望。

如果硬要舉出什麼該採取行動的事情……大概也只有想知道鈴、格萊亞，還有奧拉等人是否平安無事。

然而就算要去尋找他們，也不知道該從哪裡找起。

（被行樂家逮到實在是讓人悔恨的重大打擊。如果前來接觸的是星靈或神靈之類，就能利用「虛星・太歲」來徹底封住對方。）

殿下煩躁地甩開從鐘乳石上落下的水滴。如果是平常的他，大概不會介意這種小事，但是現在卻空閒到會不由自主地感到在意。

「虛星・太歲」是能夠將龍種以外的最強種封印進虛構世界的「模擬創星圖（Another Cosmology）」。即使面對最強種以外只能發揮出讓對手靈格減半的效果，但相對的卻具備了專門的限定用途，只要對手是星靈和神靈，就能克服所有實力差距並獲得勝利。

殿下等人原本的作戰計畫是要利用這個「虛星・太歲」來抓住「Ouroboros」派出的追兵，一邊套出情報一邊和對方進行游擊戰。

然而這計畫卻失敗了。要是當初能迅速解決馬克士威，或許不會演變成目前的事態，但說這些全都是馬後炮。

（就算離開這裡也沒什麼想做的事情。而且無論前往箱庭何處，我們都是通緝犯……其實自由這種玩意兒意外無聊啊。）

殿下以沒有感情的眼神望著鐘乳石的尖端。

出生至今一直聽從「Ouroboros」命令的殿下沒有人生目的。話雖如此，也沒有任何能為鈴等人做的事，現在只能等待他們主動接觸。

他瞪著牢房裡的燈火咂了咂嘴，這已經不知道是第幾次了。

正好這時候，通往地上的樓梯出現有人前來的動靜。

「……嘻哈哈哈。你好啊，小子，過得如何？」

來自男性的低俗笑聲響遍整個地下牢，這出乎意料的聲音讓殿下不由得撐起身子。

「這聲音……是混世魔王嗎？」

「沒錯。看起來你還挺有精神，鈴小姑娘他們很擔心你喔。」

混世魔王以輕快的腳步走向牢房。他的外表並不是珊朵拉．特爾多雷克，而是一開始的猿鬼。

「……？你解除遊戲了？」

「不，是『Salamandra』破解了一部分遊戲規則，所以我跟對方談妥，這次就算是主辦方和參賽者雙方都負傷平手，交換條件是放你走。這下『階層支配者』暫時不會派出追兵，嘿嘿，火龍的前代那麼明理真是幫了大忙啊！」

混世魔王露齒大笑。正常來說「Salamandra」並沒有這種權利。抓住殿下的共同體是「No Name」而非其他人，如果「Salamandra」是獨斷行動，那麼對預定接下來要締結的大聯盟應該會造成不良影響吧。

然而真正讓殿下驚訝的事情並不是這部分。

「……我搞不懂，混世魔王，你為什麼還要繼續協助我們？你難道沒有聽說『Ouroboros』是什麼樣的共同體嗎？」

「喂喂，這種事情當然不必問也能知道吧。我可是純粹的魔王啊，早就已經發現『Ouroboros』並不是魔王聯盟。我猜大概有哪個超巨大神群之類的在幕後操控吧？」

混世魔王一邊嘻哈哈大笑，同時來到牢房前方。然而聽到這番話，讓殿下更為疑惑。這個魔王和殿下等人的利害關係並不一致。殿下這邊只是想要利用他而已，而混世魔王本身也沒有愚蠢到無法察覺這一點。

混世魔王轉過身子，摸著下巴鬍鬚並凝視著殿下。

「好啦，總之本大爺親自過來的原因別無其他，就是要來評估你。」

「你說評估？」

「沒錯。別擔心，我不會做什麼困難的事情，只是想問幾個問題而已。」

混世魔王帶著令人反感的笑容，原地坐下。沒有立刻打開牢房房門的行為說不定是在表示他打算根據殿下的回答決定要不要放人。

——真是被看扁了。這種程度的牢房，只要殿下有意，隨時都能逃離。混世魔王八成是想在離開共同體之前強索一些報酬吧，畢竟他原本就是像傭兵那樣被帶進來的外部魔王。或許還想漫天要價，要求交出「虛星・太歲」來作為拆夥費。

殿下儘管感到不以為然，還是稍微起身等待問題。要是對方提出無聊的要求，只要立刻打破牢籠折斷他脖子就行。

然而和殿下的預測相反，混世魔王突然收起笑容。

「你——要不要建立真正的魔王聯盟？」

這問題並非來自掛著低俗笑容的粗野猿鬼。

而是充滿純粹魔王威儀的提問。

「真正的……魔王聯盟？」

「沒錯。你知道過去這個箱庭世界裡曾有一個被稱為『七天大聖』的最大規模魔王聯盟吧？」

殿下當然知道，反而該說不知道才奇怪。

「七天大聖」——或稱為「七大妖王」，是不分東洋西洋都聚集在「齊天大聖」麾下，共

尊同一旗幟的七名魔王。他們同時和玉皇大帝、道教、仙道、佛門等力量強大的神群為敵，即使經過漫長歲月，至今在箱庭裡也還是眾人經常談論的話題。

「沒錯，本大爺說的魔王聯盟，簡單來說就是要像七天那樣聚集各國籍的魔王，然後歸屬於同一旗幟之下。而你擁有足以擔任首領的才能器量——沒錯吧？Avatāra 最後的化身，能夠終結頹廢之末世論的最新最強英傑（魔王）大人。」（註：Avatāra 意為「化身」，英文是 Avatar）

「……哦……這些事是聽誰說的？」

「根本不需要聽別人說。為了完成靈格，必須收集複數太陽主權的英傑在這世上可找不出多少個。明明阿爾斯特（Ulster）神話的最強戰士和太陽神蘇利耶的兒子也只需要一個主權就夠了，你擁有兩個卻還不夠。再加上能夠使用刀槍不入的獅子座恩賜，歷史中符合以上條件的人就只有兩個。」

「…………」

「一個是獅子座傳說的起源，希臘的英傑海克力斯。這傢伙……好像只要有一個太陽主權就能召喚，不過為了保持身為神靈或星靈的完全靈格，需要多達五個的太陽主權——但令人畏懼的是，你的完成型態比他更誇張。就算把異世界也算進來，赤道和黃道相加之後，共需要十隻太陽星獸的人也只有你一個吧。」

混世魔王以帶著確信的笑容揭破殿下的靈格。

而且可怕的是，他的推論有九成九正確。

——所謂「Avatāra」是印度神群的「模擬創星圖」之一，蘊藏於其中的傳說能夠阻止今後應該會在外界顯現的衰微之末世論「Kali Yuga」，是力量極為強大的「模擬創星圖」。

原本創星圖除了具備能破壞對象世界觀（Cosmology）的力量，還擁有甚至能超越全能領域（箱庭三位數）的能力。

例如阿吉・達卡哈使用的「阿維斯陀（Avestā）」就是典型。那是二元論之極致，會先把自身定義為善惡的最右翼，然後模仿對象的世界觀，如鏡面般附加到自己身上。如果講得直截了當一點，「阿維斯陀」具備超越全能領域的力量，不但在一對一的戰鬥中絕對不會輸，就算是一對多，只要對手沒有繼承人類的血統，就能讓再往上追加自身的恩惠。要說有什麼例外，大概只有涵蓋於「拜火教」內的恩惠或神靈吧。

至於殿下的「Avatāra」，能夠獲得和他持有的黃道、赤道星獸之傳承相符合的能力。例如以前在鬥技場裡，他就是靠這份力量擋下黑兔的「模擬神格・梵釋槍（Brahmaastra Replica）」。那是從原本隸屬於「No Name」前身的日天獅子手上搶奪而來的獅子座主權。

他讓不論神造星造，「能彈回世界上所有武器」的 Avatāra 第四化身「獅子神獸那羅希摩（Narasimha）」宿於己身，推翻了敗北的命運。

同時也是利用這恩惠的加護，讓逆迴十六夜不受神槍傷害，製造出勝利機會。

「利用赤道龍的太陽主權顯現的是 Avatāra 第二化身，『世界龍俱利摩（Kurma）』吧？好像是能讓靈格瞬間大幅膨脹的力量……嘿嘿，真誇張啊真誇張！原本光一個就足以成為創星圖，結果你居然蘊藏著高達十個那種規模的世界。你身為『原典候補者（Origin）』的資質，甚至還在大聖之上吧。」

「……原來如此，調查得真仔細。要推舉我為首領就是基於這個理由？」

連齊天大聖都能贏過的資質。殿下推測混世魔王是想靠這個資質來建立新的魔王聯盟，自身則擔任參謀。然而，他卻帶著苦笑搖頭。

「不，老實說並沒有什麼明確的理由。我只是覺得如果是你，應該能把箱庭鬧得天翻地覆吧。」

「……只是這樣？」

「只是這樣。」

其他什麼都不要。由於對方以極為自然的態度如此立刻回答，就連殿下也忍不住大吃一驚。

這個回答空洞到讓人不覺得有必要去妄加揣測他究竟有何企圖。之所以沒有必要說謊，是因為這男子的目的很單純明快而且也不需要虛華裝飾。

這個魔王……被授予混世靈格的矮小惡神沒有隱藏自己的本心，而是打心底想要為了實現破壞箱庭的願望，試圖把殿下推上首領位置。

「哼哼……如何？有考慮一下的價值嗎？」

「……我不明白你的理由，那種事能讓你獲得什麼好處？」

「才沒有啥好處，連一丁點都沒。如果你堅持要理由……」

混世魔王臉上的笑容突然消失。眼裡瞬間閃過冰冷情感的他一邊摸著下巴的鬍鬚，同時像是很不屑地說道：
「……大概是因為，被如此期望吧。」
「被誰如此期望？」
「被世界本身。」
混世魔王以毫無動搖的眼神宣告。
他誕生的理由，正是「不共戴天（世界之敵）」。
「我就當作你知道本大爺的傳說吧。講難聽一點，叫作『混世魔王』的魔王只是為了被已成長的齊天大聖打倒，而在星之地殼裡臨時趕工出來的超偷工減料魔王——你懂這代表什麼意義嗎？簡單來說，本大爺是個僅僅只為了被身為星之繼承者的齊天大聖幹掉才誕生出的劣等半星靈。」
聽到這帶著滿滿不屑講出的事實，讓殿下懷疑起自己的耳朵。
他也曾經聽說過，齊天大聖在尚未獲得使命之前，就已經以未成熟的半星靈身分誕生於世。她和土石流一起從星之地殼中被運往地面，只能以不完全的型態顯現。
而混世魔王剛剛的發言是在說，為了讓齊天大聖身為正規星靈的靈格能夠覺醒，被送出的考驗（遊戲）就是他本身。
然而同時，這也代表了另一個事實。
「那麼你……和齊天大聖是親姊弟？」

「可以算是那樣。嘿嘿，不覺得這是很惡毒的事情嗎？出色的姊姊天生就擁有才能和善性，但是愚蠢的弟弟則被迫接受無能的身軀與惡性。作為星之繼承考驗，實在是過於低俗。不過就是因為知道這件事，那混帳才會無法殺了本大爺。」

無法成為人類，無法成為神靈，也無法徹底成為妖怪的齊天大聖。

當純粹的魔王在原本應該是天涯孤獨的齊天大聖面前出現時，她沒有殺死對方，而是選擇放逐。沒有覺醒成星靈也沒能達成使命的齊天大聖保持無法把世界正確導向平定的狀態，後來就引起了「七天戰爭」這場規模空前的神話戰爭。

這一切，都是因為她沒殺死這個混世魔王而造成的過錯。

「……但是啊，也不完全都是大聖的錯。作為一個魔王，當時的本大爺算是很沒出息。雖然有綁架人類女子和妖怪小鬼讓他們侍候自己，還從豪族手上搶奪金銀財寶……不過有件事無論如何都無法辦到。明明因為身為魔王，已經被迫抱著強制觀念，卻還是只有那個行為無論如何都做不到。」

「是什麼行為？」

殿下立刻追問，同時察覺到……

他自己現在對這個魔王的往事正聽得入迷。

「——活生生吃掉幼童的內臟。身為入侵童心的放蕩魔王，吃掉幼童血肉和靈魂的行為應該能讓本大爺完成身為混世之魔王的怪物性……不過啊，我和大聖似乎在奇怪的地方很相似。

不管怎麼樣，我們都無法做到『吃肉』這行為。」

齊天大聖雖然粗暴，但據說她的身心比晴朗的星空更加耀眼，氣息宛如山上流通的大氣般清澄純淨。這潔淨的身心拒絕攝取血肉，也絕對不將血肉吞嚥入喉。

「本大爺自暴自棄地做出許多不人道的惡行，卻只有那行為無論如何都辦不到。知道這件事後，大聖就無法對我動手。真是個愚蠢的傢伙，正是因為她沒有殺死跟垃圾沒兩樣的親弟弟……那個大白痴才會失去應該是真正重要的，和七名義兄弟之間的情誼。這一切都是因為本大爺雖然身為魔王，卻是個半吊子的愚蠢魔王。」

為了被討伐而誕生。

……就只是為了被討伐而誕生。

很久以前，她帶著宛如黃金稻浪般的笑容對他說道：

「不要緊，就算是魔王，也有其他生存方式。」

對於姊姊開朗講出的這句話，他並沒有去仔細思索其中含意，卻抓住這份溫情不放。

於是，姊姊因為沒有殺死愚蠢的弟弟而目睹地獄。並不是化為降臨到她身上的災禍，而是周遭的世界本身成了地獄。

「本大爺並不認為她當初動手不就沒事了，畢竟我也沒有滿腦都是希望被殺掉的念頭，而且那樣也算是一種結局……不過，就算是那種跟垃圾沒兩樣的天命，一旦選擇背離，人生就變得什麼都不剩。沒有其他東西比不是靠自己的力量爭取到的自由更膚淺……如果是現在的你，

應該可以理解吧？」

殿下差點反射性點頭同意混世魔王的發言，又趕緊忍住。因為他發現自己快要承認內心被這男子的言論逐一打動。

「所以本大爺已有覺悟。『願汝務必以惡自居』——既然被如此期望，就靠手中擁有的牌來挑戰極限！就是要讓世上萬物……一個不剩地被百億萬度燃燒殆盡！要讓產生出混世之魔王的所有存在，深切感受到即使在六道輪迴裡轉化也無法忘記的後悔……！」

「…………」

混世魔王在一股激情推動之下，發洩出五臟六腑裡醞釀已久的憤怒。

這模樣讓殿下大大地倒吸一口氣。他至今都沒能察覺，這個如浮雲般捉摸不定的妖怪內心居然抱著如此強烈的感情。

而且也明白，這種靈魂的熱量正是現在的自己欠缺的東西。

混世魔王的人生一直在摸索身為純粹的魔王究竟該做什麼，要是受到星之意志的嘲弄，屆時他應該會達到真正的覺醒吧。

「你的目的是……復仇嗎？」

「那也是其中之一。畢竟無論得知什麼事實，本大爺大概都不會接受。不過呢，就算是那樣，避不面對還是免談。」

自己的人生，和齊天大聖分出勝負之後才開始。

為此，他必須先建立能和七天大聖相匹敵的魔王聯盟。

「……連阿吉・達卡哈鬧成那樣的期間，大聖也沒有要現身的動靜。看來那傢伙的周遭狀況比本大爺的想像更複雜。那麼只能在世上製造比阿吉・達卡哈更嚴重的威脅，才能把大聖從天界拉出來。」

就是現在，要以魔王身分在箱庭掀起更巨大的混世漩渦。

要建立不管是佛門、其他神群，甚至是天軍都不得不行動的巨大聯盟——甚至能超越七天的「魔王聯盟」，把齊天大聖硬拖出來。

「敵人是全部，本大爺與你要建立一個幾乎和所有神群為敵的大聯盟。而且這聯盟對你也有好處。雖然『Ouroboros』現在把你放逐，但將來一定會來抓人。本大爺要推舉你為首領來召集魔王，而你可以利用這聯盟來毀滅『Ouroboros』……如何？這契約不錯吧？」

「……萬一『Ouroboros』立刻來追捕我呢？」

「不可能——總之，絕對不可能發生那種事。但是，他們也不會白白放過你。」

混世魔王帶著確信宣布，然後豎起食指。

「這是只有星靈相關人士和一部分神靈才知道的事情。聽好了，『人類最終考驗』已被打倒的現在，箱庭裡的強者們正在摩拳擦掌。並不是因為威脅消失，而是因為即將舉辦使用到太陽主權的大規模恩賜遊戲。」

「使用到太陽主權的……大規模恩賜遊戲？」

「沒錯。雖然詳情還不明，但只要持有太陽主權，不管是神明、英傑、還是魔王，應該都能平等地獲得參加資格。目前神群們正為了選出參賽者而手忙腳亂。我們可以趁這期間建立起魔王聯盟，站上同一舞台，往那些傢伙的臉上狠狠招呼一拳！」

混世魔王伸腳踢向牢房的鐵欄杆，放聲大吼。

他是要前往每一個修羅神佛都能平等參加的大舞台，從正面挑戰神群，質問自身一切存在的意義。

說明完野心和利害關係後，他瞪著殿下，重提最初的問題。

「──和本大爺聯手吧，殿下。然後用百億萬度的火焰來燒盡那些神群，還有每一個試圖束縛你人生的傢伙……！」

站上同一舞台，從正面挑戰並徹底擊倒對方。

混世魔王是為了完成自己的使命。

殿下是為了獲得真正的自由。

「…………」

聽完混世魔王的提議，殿下靠在裸露出的岩壁上思考。

他過去從未思考過自己的人生指標，到現在才第一次開始摸索。一直按照命令生存至今的殿下即使會為了達成命令動腦謀劃，也從來不曾考慮過只為了自己的人生。

吹著寒風的地下牢被沉默支配。

混世魔王並沒有表現出焦躁的態度，只要有意，他隨時都能逃走。
兩人面對面瞪著彼此過了十分鐘以上。
殿下嘴邊突然浮現笑容。
「混世魔王，雖然你講了一堆理由……但重點就是，你只是想利用我手上的『龍』之太陽主權吧？」
「嘻哈哈！不承認那點的話就成了謊話！」
兩人一起大笑，像是總算解除緊張。雖然說出口的話並不代表全部，不過殿下認為混世魔王的復仇心是真的。
對於這男人擁有的靈魂熱量，也率直地感到羨慕。
站起來的殿下一言不發地抓住牢房的鐵欄杆，然後露出泰然自若的笑容。
「這種像是遭到煽動的感覺雖然讓人不爽，不過這番甜言蜜語倒是挺痛快。好吧，我就被你哄一回吧。」
「……嘿嘿，決定後就無法回頭喔。」
「無所謂，反正是沒有目的的人生……噢，不，現在有一個了。」
哦？混世魔王發出感到意外的聲音。
殿下用力握住鐵欄杆，眼中瞬間閃過激情。
「那些傢伙——過去束縛住我的『Ouroboros』……我要全力朝他們臉上賞個一拳。如果能

辦到，肯定能享受到最爽快的心情……！」

殿下的右手湧上光看那纖細手臂根本無法想像的強大力量。承受這種據說能與星之地殼相比的強大力量讓鐵欄杆毫無抵抗之力，三兩下就扭曲崩壞。

混世魔王把鑰匙丟到旁邊，發出盛大的低俗笑聲歡迎殿下。

「嘻哈哈哈哈！很好，那麼你的動機就決定是那樣了！本大爺要痛毆大聖那混帳，你要痛毆『Ouroboros』！根本不需要複雜的內情說明！……哼哼，什麼啊，果然正如本大爺所想！我們應該會很合得來！」

「只有目的合得來吧──那麼，接下來該怎麼做？要去找那些似乎會參加那場太陽主權遊戲的魔王嗎？」

「噢，關於那件事……」

「我有一個想法。」

這時，樓梯上傳來意料外的聲音。大概是因為之前全副心神都放在對話上才會沒注意到吧，仁·拉塞爾和彩里鈴出現在殿下面前之後，他驚訝地瞪大雙眼。

「呀呵～殿下，住在地下還舒服嗎？」

「怎麼會舒服……不過我吃了一驚，鈴也就算了，仁，你也要和我們聯手嗎？」

「───」

「嘻哈哈！這小鬼擁有的『精靈役使者』很方便！要採用如果有魔王拒絕邀請，就由我們出面打倒，再讓魔王受這傢伙控制的戰法！只要順利進行，一年就能湊齊戰力！」

混世魔王露出低俗的笑容。

但是殿下想確認的意圖並不是指這方面。

「我不是想借用混世魔王的台詞，但這可是一條無法回頭的道路。首先毫無疑問，你一輩子都無法回到『No Name』——這樣你也能接受嗎？」

殿下向仁提問，像是想再三確認。如果要執行混世魔王剛剛說的作戰，仁會成為聯盟的關鍵，不能讓他抱著半吊子的心理準備加入。

不過這些顧慮都只是杞人憂天。

仁輕輕摸著吹笛小丑戒指，帶著毫不動搖的覺悟點頭。

「我……我們有無論如何都必須參加太陽主權遊戲的理由，而且我也相信到頭來，這些行動會對『No Name』有幫助。沒有任何需要擔心的事情。」

——哦……殿下發出佩服的聲音。看樣子，仁似乎已經知道一些有關太陽主權遊戲的情報。

那麼就不需要繼續多說了。

這時鈴往前踏了一步，像是算準了時間。

「雖然遺憾，但奧拉小姐要留在老師身邊。格爺似乎願意和我們走，所以今後也會一起行動。我想首先該躲起來一陣子，所以去北區潛伏吧。」

「這樣啊……那麼妳會繼續擔任遊戲掌控者吧？」

殿下理所當然地提問，鈴也理所當然地笑著回答：

「這還用說！畢竟不能把殿下這種不知世事的少爺丟下不管嘛！」

「真是讓人感動得想哭啊。不過真的好嗎？妳來箱庭的理由應該是為了幫助家人吧？」

「這方面雖然沒變，但是為了達到目的，我必須先努力成為詩人才行。這事情也要請殿下提供協助，麻煩多多關照！」

鈴舉起手，胡鬧般地敬了個禮。

殿下雖然露出傻眼神色，但最後還是掛著苦笑答應。

＊

——這是後續的情況。

大約過了一小時，才有人發現關著殿下的牢房已經被打破。此後數年，都沒有他們公開襲擊共同體的紀錄。

然而不可思議的是，沒過多久就發生那些應該是由舊「　　」封印的魔王封印塚接二連三遭到破壞的事件。

有些地點留下激烈打鬥的痕跡，有些地點只有封印塚被破壞，不過這些事件都有一個共通點。

那就是封印應該已經解除的魔王們並沒有襲擊任何共同體，而是暗中消失。

由於這個封印塚遭到破壞的奇妙事件並沒有造成明顯損害，因此據說調查只進行了約一年就宣告結束，之後再過了半年，沒有任何人還記得這件事。

第六章

沙沙——雜音（Noise）響起，釋天瞬間加強警戒心並開放靈格。

（……是錯覺嗎？）

他壓下靈格，一口氣喝完飯後酒。剛剛大概是中庭樹木搖晃的聲音。

御門釋天吃完晚餐後並沒有立刻去見十六夜，而是聯絡了盟友「拉普拉斯小惡魔」，想來是為了先驗證在浴場時沒有解決的考察。換上浴衣的御門釋天在榻榻米上盤腿坐下，雙手抱胸。

把前來拜訪的「拉普拉斯小惡魔」放在膝蓋上後，他提出要求：

「——就是這樣，我會打開逆迴十六夜原本所在時代的大門。那傢伙可能已經和『第三種永動機』的開發者接觸過，立刻去調查他的身家背景。」

膝蓋上的拉普拉斯小惡魔聽著御門釋天的指示，同時把斑梨塞進嘴裡。

這是被稱為司令官拉普子Ⅲ的個體。她走來走去讓洋紅色連身裙的下襬隨之晃動，然後講述自己的意見：

「和『第三種永動機』的開發者接觸……嗯，首先毫無疑問，他應該是有接觸過。」
「什麼啊，妳已經察覺了嗎？」
「用『察覺』這種講法並不正確，我只是偶然得知而已……不過帝釋天，那些都是已經結束的事情，事到如今應該沒有必要再挖出來吧？」
「根本還沒結束吧？如果沒有確定永動機的編年史和開發者，說不定又會出現新的最終考驗。」
「噢……不過我認為不會發生那種事，因為『人類最終考驗（Last Embryo）』確實已經全被打倒。」
「人類最終考驗」——讓世界陷入末世的最後神話化作現實而成的魔王。
沒錯，最古老的魔王已經全部都被打倒，威脅箱庭的存在也悉數崩壞。
儘管還殘留著名為「Ouroboros」的威脅，但他們的目的再怎麼說也不可能是破壞箱庭吧。
而且不久之後就會出現能和那些傢伙分出勝負的舞台。
「打倒所有最終考驗的現在，第二次太陽主權戰爭的舉辦時間將比當初的預定大幅提前。但是我倒沒有料到終點（Ω）的阿克夏記錄（Akashic records）居然會比起點（α）還早定出。」
「這點我也同意，因為主權戰爭原本也是為了要選出能打倒最終考驗的人選。『Ouroboros』偷偷收集太陽主權的原因，大概是想要避免私底下的這些動作曝光，並在遊戲一開始後立刻贏得最初的衝刺吧。不過如此一來，那些傢伙已經沒有必要繼續隱瞞身分——第二次太陽主權戰爭將成為一場不耍花招的正面對決。」

「不過當然，要以恩賜遊戲來決定勝負。我等似乎會被選為執行委員，實在胃痛。」

拉普子Ⅲ這樣淡淡回應，御門釋天則露出苦笑。這是因為他無法想像拉普子也會感覺到精神上的負擔。

拉普子Ⅲ咬著梨子繼續說道：

「各界都忙著委讓太陽主權和選出『原典候補者（Origin）』。畢竟能贏過齊天大聖、迦爾吉（Kalki）還有逆迴十六夜的棋子可沒那麼容易找到。我等也會因為要製作遊戲和創設舞台而開始忙碌，所以關於永動機和最終考驗的考察，等之後再說應該也無所謂吧？」

「那可不行。『第三類永動機』太危險了，雖然我還不至於主張要自行管理，但是讓開發主權交到能正確活用的承擔者手上也是神群的職責。」

釋天雙手抱胸，提出自己的一貫理念。身為神靈之一，也身為持續抵抗最終考驗的人物，他心中大概抱著必須在旁守護，確定人類直到最後都不會偏離正道的義務感。

「明明只要像這樣認真工作，看起來的確具備神明風範，偏偏……」這句話原本已經來到拉普子Ⅲ的喉頭，但她注意到即使說出口也不會有哪個人獲得幸福，所以又吞了回去。

「嗯……也對，永動機的來龍去脈也直接關係到十六夜為什麼會被選為『原典候補者』的這個謎，身為天軍之長的你或許先知道會比較好。」

「逆迴十六夜被選上的原因？」

「嗯。克洛亞似乎認為十六夜被選為『原典候補者』只是因為偶然，但我已經看清與他相關的神話全貌。因為到此為止，所有的碎片都散落於地可以撿起。連同最終考驗和第三類永動機的所在，我就大略為你講解一番吧。」

拉普子Ⅲ吃完最後一片斑梨，然後站到盤子上，豎起食指。

依然雙手抱胸的御門釋天坐正身子，豎耳傾聽她將要解釋的真相。

＊

「首先從前提開始。你知道構築阿吉．達卡哈的靈格是什麼嗎？」

「怎麼到現在還說這個？是波斯史詩中的扎哈克王顛末和近代史相互比較後提出的末世論吧。至少吉卜利勒是這樣告訴我。」

御門釋天一臉受不了地回答她的問題。

——所謂的扎哈克王（Zahhāk），是指在波斯史詩中註定會變成魔王阿吉．達卡哈的國王。據說被惡神看上的他利用奸計篡奪王位，雙肩長出兩隻醜惡的龍，靠恐怖支配國民。當時的英雄雖然打敗魔王並把他逼上絕境，卻無論如何都無法徹底殺死魔王。這時出現的天使（吉卜利勒）告訴英雄「現在不是毀滅這個絕對惡的時機」，並採用把魔王封印在巨峰裡的處理方法。

之後魔王復活，為了引起末世而顯現，並毀滅了三分之一的世界。而為了抵禦這個末世論而出現的就是「註定要拯救未來的英雄」。

基於以上前提，釋天繼續說道：

「鑑於『毀滅三分之一世界』的傳說，有很長一段時間都誤解魔王阿吉．達卡哈顯現的時間是『太陽異常活動所導致的永久凍土崩壞時期』。」

「嗯，因為南極等地的永久凍土融化導致水面上升時，地球將會失去三分之一的陸地……不過實際上並非如此，永久凍土崩壞充其量只是末世論的副產物。」

沒錯——御門釋天否定NBCR武器的理由還有一個，單純是因為他認定那種程度的武器不可能徹底破壞星球環境。

他們推測「拜火教」記載的末世論和印度神話的「Kali Yuga」內容相近，這是在暗示過於發達的文明將在善性衰退的時代中毀滅。

「因此我們得出的結論，是認為阿吉．達卡哈對應的編年史——就是『連星球環境都能破壞的超級武器』與『使用超級武器的惡意掌權者』……對吧？」

「毀滅三分之一世界」的傳說＝「連星球環境都能破壞的超級武器」的開發。

「靠著惡神奪得王位」的傳說＝「使用超級武器的惡意掌權者」的出現。

這兩個條件重合時，名為「阿吉．達卡哈」的「人類最終考驗」就會顯現。

「嗯，前者是『第三種永動機』。後者根據阿吉．達卡哈的傳說起源於波斯，所以『投資動力能源開發的某個中東國家』是個比較有力的推論。」

永動機一旦完成，就代表開採一次能源的石油原產國將會毀滅。

對中東諸國來說，這是致命性的發明。所以可以預測到他們有很高機率會為了獲得新的特權，願意投資將成為永動機開發者的神祕人物。而且也因為那裡是發生傳說的地點，所以擁有阿吉．達卡哈靈格的魔王，有從中東諸國誕生的危險性。

「只有一直被視為問題的『永動機開發者』這點沒有被我們的情報網找到，然而十六夜的發言讓我終於發現線索。聽說他曾經和金絲雀一起前往世界各地旅行，那麼只要沿著他們的路線尋找……」

「不，沒有必要。」

拉普子Ⅲ拿從極小的恩賜卡中拿出一個小瓶子。

裡面有一粒乾涸凝固的血塊。

「……血塊？這是什麼？」

「是逆廻十六夜的血液。因為蛟魔王委託我，想確認一下他是不是真正的人類。」

「蛟魔王？為什麼？」

「應該是擔心如果逆廻十六夜是新的半星靈，齊天大聖有可能遭到廢棄吧，畢竟還有現在被丟著不管的混世魔王的問題。不過調查的結果，他是純粹的人類。於是我更進一步去追查他的背景……帝釋天，我希望你一定要冷靜聽我接下來說的話。」

御門釋天「嗯」了一聲，動作誇張地點點頭。大概是因為彼此是舊識，所以他並沒有糾正拉普子Ⅲ使用的稱呼。兩人是曾在西區一起和敵托邦魔王展開激戰的伙伴，雙方都很信賴對方

的能力。既然她表示要釋天「做好心理準備」，那麼一定是非常重要的案件。

拉普子Ⅲ做了個深呼吸，像是想要抑制激動的心跳，然後指向十六夜的血塊。

「首先第一點，他真正的姓名並非『逆迴十六夜』。」

「哦？那麼他叫什麼名字？」

「……『西鄉（Saigou）』，這才是他真正的姓氏。」

西鄉——釋天沒聽過這名字。雖然日本歷史裡好像有提到這名字，但再怎麼說都無關吧。

那麼這名字本身有什麼符號上的意義嗎——思考到這裡的瞬間——

御門釋天的表情發生戲劇性的變化。

「西鄉……西業？不……難道……」（註：日文中「西業」和「西鄉」發音相同）

「第二點。十六夜的……西鄉家的雙親在立體平行世界線上必定會死亡。不需要金絲雀誘拐還是嬰兒的他，十六夜的命運也必定會在那個時間點下落不明。」

御門釋天啞口無言。這表示「十六夜雙親的死亡」和「十六夜下落不明」這兩點是歷史上的轉換期。金絲雀原本因為自己採取的行動而感到自責，但其實連這個也只不過是包含在匯聚點裡的行為。

然而，應該是一般人的十六夜雙親不可能包含在轉換期中。

「難道……第三種永動機的開發者是……」

「雖然要實際前往那時代才能確定，但幾乎沒有錯吧。根據十六夜和克洛亞的對話，可以判明他的雙親是大學教授。他們是被盯上研究的組織謀殺，而在兩人死亡的同時，第三種永動機的開發方法也分散到不特定多數人的手上，成為不可觀測領域。」

——天啊。即使已經釐清最根源的開發者所在，然而除非能改變「十六夜雙親死亡」這個匯聚點，否則沒有辦法讓開發者限定於一個人身上。問題是要改變匯聚點代表要改變阿克夏記錄，但這種事情即使是三位數也無法輕易辦到。全能可以創造，但是卻無法輕易改變已創造的事物。因為這會和「全能悖論（Omnipotent Paradox）」的一部分相牴觸。

「開發方法分散到不特定多數人的手上……是嗎？原來『魔王阿吉・達卡哈』並非國家或國王之類的個人或集團，而是群體嗎！」

「沒錯。至今為止，我等都推測阿吉・達卡哈是扎哈克王那樣的個人掌權者，但那個傳說其實只是一種訓誡。只要有超級武器和權力，再加上一點點惡意……任何一個人類都有可能墮落並成為阿吉・達卡哈。」

只要是人類，靈魂裡都藏有化為阿吉・達卡哈的可能性。

他背負的「絕對惡」旗幟，正是加諸於人類本身的考驗。

「再來是第三點。『逆迴十六夜拯救世界的行為，會分歧成直接拯救和間接拯救』……我推測其中之一的未來是克服敵托邦末世論的時代，也就是春日部耀存在的編年史。原本在這之後的時代是承諾世界會恆久和平的編年史……然而由於我等並不是靠『克服』而是以『消去』這種手段來打倒敵托邦魔王，導致春日部耀原本存在的編年史變得無限稀薄。」

「……是嗎……就是因為這樣，才會連那個孝明也受到『No Former』的烙印嗎……但是，不對……等一下！換句話說……到底是怎麼回事？」

超乎想像的大量情報讓御門釋天押著眉頭開始整理。

看到他的模樣，拉普子Ⅲ鄭重地低下頭，簡潔回答：

「逆廻十六夜拯救未來的傳說內容，大概會是以下這樣吧。

『獲得第三種永動機開發方法的國家或組織讓世界面臨滅亡的危機』，

但是『這危機卻被同樣獲得第三種永動機之力的英雄阻止』。

而『如果是間接性的英雄，將以開發者的身分拯救世界』，

或者『如果是直接性的英雄，將以實驗體的身分拯救世界』。」

「什麼……實……實驗體？妳是指永動機的實驗體嗎？」

「沒錯，逆廻十六夜出生後沒多久，他的身體就宿有『第三種永動機』——能夠利用周圍的環境情報，無中生有產生能量的人類最後奧祕『3S, nano machine unit（第三種星辰粒子體）』。」

喀噹，拉普子Ⅲ敲了敲放有血塊的瓶子。

這次真的讓御門釋天因為過度訝異而說不出話。

御門釋天用顫抖的手拿起裝有十六夜的血塊的小瓶。

「那……那麼……這個就是那東西嗎？過去給予敵托邦魔王力量，之後又孕育出魔王阿吉．達卡哈的根源，就在這血塊中……？」

「ＹＥＳ。當逆迴十六夜以開發者身分繼承永動機時，永動機會在二〇二〇年代完成。這種情況下，雖然也有可能是他很長壽，不過比較合理的推論是由他的子孫來拯救世界。至於以實驗體身分讓恩賜宿於己身的情況，只需要前者數分之一的過程年數就可以完成，畢竟完成品已經藏在他的體內。」

十六夜在「Underwood」使用神珍鐵把柯碧莉亞塑造成永動機，但是真正逼使「衰微之風（End Emptiness）」撤退的原因是他體內的恩惠。「衰微之風」正是因為看穿這點，才會承認遊戲已被破解並離開。

「——咿哈哈哈哈哈！原來如此！是這麼一回事啊！不愧是拉普子大老師，妳的解讀比我的推論還要深入百萬倍！」

這時，突然有個發出輕快笑聲的燕尾服黑影出現在日式客房中。

兩人瞬間提高警覺，但他們都很熟悉這具備特徵性的笑聲和這片影子。釋天站起來張開雙手，迎接過去的戰友。

「克洛亞（蘿莉控）！好久不見了，你這傢伙過得好嗎！」

「咿哈哈哈！那是我的台詞，帝釋天（人妻控）！明明娶到了屁股那麼棒的老婆，但還是欠缺節操啊！要是玩火玩得太過頭，搞不好又會被打得半死喔！」

「喂喂別嚇我啊，我都快發抖了！哎呀，我說真的！現在的我完全是個人類，萬一老婆翻臉，那我可就死定了！」

的確是這樣！兩個蠻神一邊笑，一邊互相拍著對方的肩膀。他們在神群方面沒什麼關係，然而卻是和敵托邦魔王展開最激烈戰鬥的戰友。

他們的信徒都命中註定必須和「閉鎖世界(Dystopia)」戰鬥到自身喪命為止。雖然沒有能相提並論的傳說，但他們都承認了對方的靈格。

主要是針對好酒、好色，還有不符合神明形象的言行等方面。

「不過我真的吃了一驚，居然在打倒敵托邦之後，才有機會揭發出敵托邦最後的靈格……克洛亞你之前知道這件事嗎？」

「不，我過了很久才知道。大概是在約有九成靈格被十六夜那臭小子打散，然後復活的那時候吧。隔了好久才醒來後，卻發現永動機幾乎已經完成。看到那東西之後讓我有個想法，那就是『這玩意兒有機會成為理想之鄉(烏托邦)，也能成為閉鎖世界(反烏托邦)』。」

黑影賢神的視線飄向遠方，兩人無法推測出他在近未來目睹了什麼。

但他們知道理想之鄉的定義和閉鎖世界的定義是一體兩面。

某位學者曾經簡潔地敘述理想之鄉的定義。

「那是幾乎全體國民都能獲得平均的所得，建造沒有差異的居住處，胸懷輕微的信仰心，而且還可以度過安寧每一日的地方。」

最強的弒神者「敵托邦魔王」就是以此為基礎，把「能解決所有能源問題並緩和競爭社會的永動機已經發達」與「近代的啟蒙思想、自由主義並未發達」這兩點追加到編年史的條件上，並顯現於世。雖然還有一個重大原因是出現了贊同這魔王的神群，不過主要原因果然還是永動機的使用方法。

「或許超越閉鎖世界之後，會有真正的理想之鄉。我們雖然採用創造黑死病（珮絲特）和天花大流行的歷史來促進啟蒙思想的發達，並藉此抹消編年史匯聚點的手段……但是現在看來，那根本沒有解明問題。」

「……這樣啊，或許有其他的方法嗎？」

釋天、克洛亞、拉普子Ⅲ都帶著苦澀表情陷入沉默。

畢竟敵托邦魔王實在過於強大。只論身為弒神者這一點，那傢伙甚至可以贏過阿吉．達卡哈，完全沒有選擇手段的餘裕和時間。

然而這些卻和疾病大流行的犧牲者們沒有關係，他們的怨恨恐怕絕對不會從世上消失。

「……咿哈哈！算了，『人類最終考驗』已經滅亡，接下來多的是時間。再找機會一起討論考察，找找看有沒有其他不同的方法和編年史吧。」

「也對，到時候一定要參考『黑死病神子』的意見。」

「嗯，關於此事，那女孩正是時代的活證人，想必蘊藏著成為那時代支柱的可能性。無論如何，都必須把她從那些傢伙的手上奪回。」

三名神靈和惡魔對著彼此點頭。

過去，他們把自身的不成熟強加在人類身上。

人類被人類親手毀滅只是必然，然而讓人類因為諸神世界的干涉而失去生命是一種錯誤。即使現在還處於不能隨便預先判斷的狀況因此無法行動，但是他們互相發誓，等一切都安定下來後，必定會給予救贖。

他們能做的事情，只有旁觀事情的始末。

箱庭應該在不久之後，就會成為他們期望的神魔遊樂場吧。

因為就算多管閒事，到頭來也只會被批評「你這廢神真的只會做一些畫蛇添足的事情」！

——……不過，其實。

（現在才想救珮絲特，已經太遲了。這些傢伙還是老樣子，總是差那臨門一腳。）

沙沙——傳出些許雜音。

某個在旁邊偷聽的詩人（Noise）嘲笑這些神魔的誓言，然後離開現場。由於他這時也在場而對之後的大局造成重大影響，是在過了幾年之後的事情。

*

話說起來……釋天把視線放到克洛亞身上，像是突然想到什麼。

「我說，變態（克洛亞）。」

「怎麼了，外遇狂（帝釋天）？」

「那可不是開玩笑的所以拜託別那樣叫我，至少叫我色情狂……所以，你來的目的就只有這件事？」

「怎麼可能呢，兄弟（Brother）。其實我是想來提出太陽主權遊戲的方案，還有想商量一下十六夜的報酬……」

「晚安，釋天還醒著嗎？」

兩人一驚，把視線朝向紙拉門。拉普子Ⅲ立刻消失，克洛亞擬態成五斗櫃的陰影。

釋天則換上一副邋遢大叔的表情。

「你來了嗎？進來吧！」

「Ｙ……ＹＥＳ！那……那麼不好意思打擾了！」

「同樣，打擾了。」

「……打擾了。」

嗯？御門釋天發出感到意外的聲音。

來到他房間的人不是只有十六夜。一起來的人包括同樣洗完澡換上浴衣的久遠飛鳥，散發出心情欠佳氣勢的女王騎士斐思·雷斯，以及相當緊張導致兔耳動個不停的黑兔。

才剛打開紙拉門，黑兔就當場跪下並低頭行禮。

「這……這……這次麻煩您親自前來下界，實……實在萬分感謝！雖……雖然無法奉上什

麼像樣的款待，但至少請允許人家為您斟一杯酒！」

「喔喔，妳就是傳聞中的『月兔』嗎？我有聽說過妳的事情。在這裡的人只不過是人類的出資者，御門釋天。妳不需要那麼緊張！」

看到全身僵硬的黑兔，就連釋天也忍不住露出苦笑。雖然可以理解她在主神面前會感到緊張，不過也沒有必要如此誇張吧。

同行的十六夜也有點受不了地笑著說道：

「是啦，至少他的確是對妳有恩有義。畢竟這個主神為了救妳……」

「十六夜，不識相的多嘴會讓男人的價值下滑喔。」

釋天瞪著十六夜提醒他注意。

然而聽到這話題，久遠飛鳥也一臉鄭重地回應：

「果然……把黑兔救出煉獄的人是您吧。」

「啊哇哇哇！人……人家該如何表示歉意……！明明是人家打破戒律，同時使用了鎧和矛……！」

「好了，我不是說了沒關係嗎！原本就是我對『月兔』有所虧欠！那只是還債而已！好啦，與其講那麼陰沉的話題，還不如幫我倒酒！來倒酒吧！」

御門釋天尷尬地搔了搔頭，把酒杯往前遞。

他大概很習慣遭到女性鄙視，卻不習慣受人感謝吧。看到釋天這副模樣的十六夜露出不懷好意的賊笑，不過還是讓話題到此為止。雖然戲弄人的確很有趣，但要是對方鬧起彆扭可就本末倒置。

一直保持沉默的斐思・雷斯在這時橫著眼看向飛鳥，諷刺地說道：

「……妳總是被人救呢。」

「那……那是……！」

……或許真是那樣。飛鳥不甘心地狠狠咬牙。

*

十六夜、飛鳥、斐思・雷斯都進入日式客房，在下座位置坐下。

只有黑兔坐在釋天旁邊，以一副緊張到極點的樣子幫忙倒酒。十六夜和飛鳥看著她那副模樣，同時開口說明來意：

「話說起來，破壞『月兔』故鄉的犯人好像也是阿吉・達卡哈吧？既然那傢伙已經被打倒，有沒有趁這機會重建『月兔』故鄉的計畫？我覺得黑兔也立下了差不多夠資格的功績。」

「等……等一下！十六夜先生！」

「嗯，我有想過等事情告一段落後就要重建。不過兔子一族分散各地，人數也少。包括這女孩在內，我掌握下落的兔族只有三隻。」

「咦？連主祭神也不知道眷屬的正確位置嗎？」

「不是那樣，不過要是待在結界裡或是被其他神群藏了起來，我也無計可施。所以反過來說，除此之外的情況我都能明白大致位置，就算是外界也一樣。」

聽到御門釋天的解釋，飛鳥眼睛發亮地問道：

「關於這點，其他主祭神也一樣嗎？」

「那還用說，這點小事當然明白……噢，原來如此。」

釋天理解般地點點頭，把手搭在下巴上。

「妳意思是想去迎接被送往外界的舊『成員嗎……嗯，仔細一看，妳這小姑娘的靈格確實混了不少熟人的血。」

御門釋天一邊摸著下巴，同時仔細打量飛鳥。雖然自己的來歷被一眼看穿讓飛鳥感到緊張，但她還是更加積極地繼續發問：

「您的慧眼讓我非常佩服，我也從僕人阿爾瑪那邊聽說了自己的出身來歷。所以想暫時離開共同體，根據久遠家的系譜往過去回溯，踏上救出同志的旅程。」

飛鳥的報告讓釋天有點驚訝。

如果要離開共同體去外界旅行，必須花費相當長的時間。實際上這行為已經和退出共同體無異。

「……飛鳥，妳這趟旅程有獲得同志的理解嗎？」

「是的，雖然還沒有取得所有人的認同……不過我很清楚這會是一趟艱辛的旅途。我在之前的戰事中深切體認到自己實力不足，也是為了鍛鍊身心才要離開共同體。」

換句話說，飛鳥是要踏上修行之旅。

雖然她絕對不算弱小，但是飛鳥的力量在碰上狀況時會有很大的起伏。她大概是認為若是繼續保持現狀，遲早有一天真的會拖累其他人。

「黑兔，妳有同意嗎？」

「……YES。當然會感到寂寞，但是人家沒有權利對這幾位的進退發表什麼多餘意見。只能接受他們的狀態，接受他們的期望，希望自己能從背後送上聲援。」

「這樣啊，那十六夜你呢？」

「既然大小姐都這樣說了，我很清楚就算阻止她也一樣會走。」

「哎呀，你很了解嘛。」

飛鳥露出輕快笑容，和十六夜視線相對。十六夜曾經聽飛鳥說過，她在被召喚前原本打算離家出走。

所以才會覺得根本不可能強行留住像這樣的淘氣女孩吧。

「話說起來，妳以前有講過吧？說妳預定在離家出走後去看看萬聖節的情況。」

「嗯，畢竟那是我從小的夢想。希望有一天也能見到『萬聖節女王』……」

「……請等一下，那是怎麼回事？」

這時，不知為何斐思．雷斯開口插話。
飛鳥和十六夜以感到意外的態度看向她。
「妳是指……要去見女王這件事？那是在來到這裡之前……」
「不是。我是指更之前。如果妳沒有被召喚，原本預定要離家出走去什麼地方？」
聽到這個出乎意料的提問，飛鳥眨了眨眼。
「妳問什麼地方……我只是為了增廣見聞，想去看看萬聖節是什麼樣子……」
飛鳥不明白對方為什麼要針對這種事情提問，眼裡浮現困惑的神色。斐思．雷斯的態度就是如此奇怪。
但是也和先前泡溫泉時不同。
居然表現出連隔著面具都能看出的動搖情緒，真不像平常的她。
斐思．雷斯把手搭在下巴上陷入沉思，然後以苦悶的語氣喃喃說了什麼。
「……是嗎，女王和久遠家預定是這樣產生關聯的嗎？」
「斐思．雷斯小姐？」
「沒事，失禮了。回到正題吧，請問御門兄對於剛才提到的事情……前往外界救助『No Name』成員的計畫有何高見？」
「嗯……這個嘛，只要借用女王的力量，要把被流放的人再召喚回箱庭並不是不可能的任務。不過，必須利用各種悖論遊戲的缺漏……」

因為狀況太複雜，說明起來很累。釋天把帶有這種含意的視線投向十六夜，於是十六夜只好露出感到很麻煩的表情接過話頭：

「如果箱庭真的是遍及存在於可能性的空間，那麼『無法回到箱庭的同志』和『成功回到箱庭的同志』這兩種互相矛盾的事實即使存在也不要緊，應該不會引起時間上的問題吧？」

「嗯。這種情況下，會成為問題的悖論遊戲並非『Time paradox（時間悖論）』，而是出手救人這邊的『Liar paradox（謊言者悖論）』。詳細說明就省略了，總之在一個時代中只會獲得一次機會，而且萬一箱庭裡有人已經觀測到被流放者的死亡，在那種情況下就不可能救回喔。」

「只要有一次機會就夠了。明明有可能，卻保持現狀什麼都不做，將那些同志拋下……這種事情叫人怎麼做得出來呢？」

想讓支撐「No Name」的孩子們見到雙親的人並非只有十六夜一個，飛鳥也同樣一直希望哪天可以報答莉莉和年長組孩子們的犧牲奉獻。

「所以如果可能的話，想請釋天先生幫忙仲介，讓我能謁見女王……」

嗚呃……釋天發出像是慘叫的聲音。

「女王……女王嗎……抱歉，其實我和『萬聖節女王』並不相識。」

「是這樣嗎？」

「我聽說過她是位美女，若有機會也是很想認識對方，問題是我從以前起就和太陽神合不來。要是有仲介人或許還能聯絡上……噢，這樣啊，所以女王騎士也在場嗎？」

所有人的視線都集中在斐思．雷斯身上。把她帶來這裡的目的，應該就是想拜託她擔任仲介人吧。黑兔一邊斟酒，同時向御門釋天提出懇求：

「人家知道這是不講理的請求，但就算女王是大魔王，如果是帝釋……」

「嗯？」

「御……御門釋天大人您提出的要求，對方想來也無法視而不見。所以為了我等的同志，能否請您允許我們依賴這份威光呢……？」

唔……御門釋天表現出要考慮的態度。

「畢竟是英雄們的請託，這點小事我答應也不要緊。只要有女王騎士幫忙仲介，應該不會有什麼問題就能聯絡上。」

「非……非常感謝您！這下同志們的回歸終於可以實現！」

唰！黑兔伸直兔耳表現出喜悅反應。歷經漫長的苦難過程，一切總算即將獲得回報。接下來只要奪回共同體的名號，就能以三年前以上的狀態成功復活吧。

然而斐思．雷斯卻打斷黑兔的的興奮發言，突然站了起來。

「——不，請等一下。」

「？斐思．雷斯小姐？」

「來此之前我說過可以提供協助……不過請讓我訂正，現在不能就這樣無償提供協助。」

哦？御門釋天發出感到意外的聲音，藏起身影的拉普子Ⅲ和克洛亞也一樣。他們三人只看一眼，就看穿這名戴著鐵面具的少女的真實身分。

「妳說不能無償對吧，女王騎士？那麼要有什麼報酬才願意擔任仲介人？」

「不需要報酬……我原本打算默默離開箱庭，但是既然已經看出破解遊戲的路徑，那麼我也不能就此放棄自己的目的。」

這聲調中蘊藏的熾熱情緒，讓人簡直不敢相信是出於氣質冷靜沉著的她。彷彿著火的鐵面具現在正可以代表她的心情。

斐思．雷斯把手放在面具上，帶著激烈的敵意瞪向飛鳥。

「久遠飛鳥，我要求和妳決鬥。如果妳能打贏，我就幫忙安排謁見女王的事宜。」

「……什……」

「舞台和規則借用這次的『金剛之礦場』，正好雙方都有晉級到正賽。」

「等……等一下！我也想要和妳確實決出勝負，但是這麼突然未免……！」

雖然飛鳥曾在「Hippocamp的騎師」中贏過對方，然而並不認為那次是靠自己的實力獲勝。因為斐思．雷斯是隻身一人來對抗以團隊合作取勝的「No Name」，所以當然不是實力。而且飛鳥曾經被她多次相救，因此希望總有一天能和斐思．雷斯一對一分出高下。

然而對於飛鳥的想法，斐思．雷斯卻以失笑回應：

「我先前應該已經說過，我之所以會出手救妳，是基於自身的理由——現在，我就說出那個理由吧。」

這充滿憤怒和怨恨的語調，讓在場所有人都擺出應戰架勢。

因為剛剛的發言裡帶著明顯的殺意，這份強烈到讓人覺得她有可能會視情況立刻動手攻擊的殺氣甚至導致現場的空氣扭曲。

斐思·雷斯把面具和冷靜沉穩的自己一起當場捨棄。

看到從面具後方出現的臉孔，飛鳥和黑兔都驚聲大叫。

「什麼……！」

「……怎麼會！」

喀唧！面具掉下來發出聲音。

——「無臉者(Faceless)」。明白這個騎士稱號的意義後，飛鳥以彷彿全身血液都被抽乾的表情看著對方——不，看著自己的鏡像。

「——救妳的理由很簡單。萬一在我動手之前妳已經先被其他人殺死，會造成我的困擾。因為如果我無法親手打倒妳……久遠彩鳥(斐思·雷斯)就會無法出生……！」

——「金剛之礦場」，正賽當日。

現場有照出舞台的巨大牆壁和觀眾席。

黑兔站上舞台，先帶著笑容對觀眾席揮手。

「距離『金剛之礦場』正賽開始終於只剩下一小時！這次的裁判會由隸屬於『No Name』的黑兔！以及來自三位數『仞利天』的客座裁判，御門釋天大人一起負責轉播實況！」

——喔喔喔喔喔喔喔喔喔喔喔喔喔喔喔喔喔喔喔喔喔喔喔！

黑兔一上台，就響起撼動整個礦山的歡呼聲。

她將在這次比賽後正式辭去「Thousand Eyes」專任裁判一職，不過對支持者來說那根本無關緊要，總是會掛出來的大字報也依然隨風飄盪。

她回到轉播席後，待在舞台旁邊觀看的逆廻十六夜帶著賊笑出面迎接。

「還是那麼受歡迎啊，觀眾席裡大概有七成是男性吧。這是因為那個嗎？託白夜叉企劃的福嗎？」

「嗚嗚嗚……雖然很不甘心，不過的確是YES。白夜叉大人選擇的服裝從來不曾違背支持者們的期望，人家無法否定就是因為這樣才能賺取共同體的生活費。」

「我想也是，對於那傢伙製作出這裙子的才幹，確實只能率直給予認同。」

十六夜呀哈哈大笑並拉起裙子的下襬，黑兔則狠狠拍掉他的手。這裙子運用似乎看得見又絕對看不見的恩賜來製成，緊緊抓住了男性觀眾的心。

白夜叉的功績非常巨大。如果她沒有設計出這條裙子，或許「No Name」已經被現實壓垮，也不可能召喚問題兒童們。

重複兩三次平常那種互動後，十六夜才提出重點：

「話說回來，面具騎士大人真的讓我吃了一驚，沒想到她居然是大小姐應該已經死別的親人。」

而且還不是普通的親人。藏在面具下的臉孔無論看在誰的眼裡，都散發出和飛鳥相似的氣質。十六夜一邊回想斐思．雷斯的面容，同時也憶起飛鳥說過的話。

「『原本會有姊妹』嗎……原來如此，現在想起來，那的確是讓人在意的用詞。一般來說介紹姊妹時應該會換成以下講法：

——『原本會有姊姊』。

——『原本會有妹妹』。

……這樣才正常，可是大小姐卻說她原本會有姊妹。」

沒錯，久遠飛鳥無法說明她到底是和姊姊還是妹妹生死分離。這句話的意思是，她的姊妹在產生那種上下關係之前就已經死去。

換句話說——久遠飛鳥是雙胞胎。

「這下大小姐的謎題之一就解開了。神靈擁有的恩惠和肉體……因為是雙胞胎，所以這兩個靈格也遭到分割嗎？」

「YES。考慮到在歷史上的影響，恐怕是透過讓肉體方面擁有強大潛在能力的斐思·雷斯大人死去來獲得整合。」

黑兔有露出嚴肅表情，雙手抱胸。

所謂「萬聖節」是指季節轉換時，星之境界線變得模糊，而死者也能從死之國度回來的節日。至於斐思·雷斯的靈格是歷經過什麼過程才會委交到女王手上？這點她本人先前才剛做出推論。

飛鳥如果沒有被召喚來箱庭，原本應該會前往實際慶祝萬聖節的英國，而且會在那裡「引發某種歷史轉換期」。

「這樣一來，就表示無論有沒有『No Name』的舊成員，『久遠飛鳥』都必定會重複那個行動，或是像信長之死那樣以符合歷史的形式來製作出匯聚點嗎？看樣子，判斷這是靠著在第二次世界大戰結束時發表的『人類宣言』來開花結果的推測似乎正確。」

「YES。可是飛鳥小姐如果想以皇室現人神的身分顯現，有一樣不可或缺的條件。」

「……皇室直系的血統嗎？」

「No Name」舊成員的子孫。

第二次世界大戰的轉換期。

皇室直系血統和人類宣言。

能讓這些歷史條件全都毫無矛盾進行下去的編年史，在日本歷史上恐怕只有一處。而只要能查明那個編年史，大概就能夠去救出「No Name」過去的成員。

「……但是如果我們的推測正確，那麼斐思・雷斯似乎持有的恩賜說不定會是一把真的很誇張的神劍喔？」

「YES。即使在神劍這個類別中，也是格外優秀強大的物品。畢竟那是在一個宇宙論(Cosmology)中，從最古歷經到最新的神劍。那神劍擁有靈格的存在密度恐怕沒有其他事物可仿效吧。一旦交到具備神格的皇室成員手上，根本無法推測出強度會膨脹到什麼程度，或許真的可以勝過耀小姐的『生命目錄』。」

居然那麼誇張啊……十六夜用手抵著下巴，嚴肅地開始沉思。

「……算了，畢竟有這麼多觀眾在場。只能說相信面具騎士大人應該不會在這場禁止殺人的遊戲裡亂來。」

「嗯～實際上如何呢？關於這點除非能確認一下女王給予她的考驗內容，否則無法判斷喔。」

和十六夜的認真反應相反，黑兔的態度卻有點隨便。

……這讓人有點意外。

因為再怎麼說，這個構圖都非常罕見。平常大概只會演變成「驚慌失措的黑兔和試圖讓她冷靜下來的十六夜」這種相反的構圖吧。

「哦……看來妳相當樂觀呢。要是面具騎士大人認真起來要殺大小姐，就算是我也未必一定能護住大小姐。」

「哎呀呀，這發言真不合十六夜先生您的風格。要是講這種話，說不定會錯過優勝喔。」

黑兔晃著兔耳，露出輕快的笑容。

十六夜瞇起眼睛反問：

「……哦？聽起來話中有話嘛，那麼黑兔妳認為什麼樣子才有我的風格？」

「那當然很容易舉例！如果是平常的十六夜先生，毫無疑問會這樣說：

『妳說皇室的擁有神格者和神劍？哈！很好很好好極了！大小姐你們姊妹的勝負，就由我接收了——！』

……就像這樣，您有可能會做出阻擋在兩人面前，企圖讓她們透過協力戰鬥重修舊好的行為。」

而且還咧嘴大笑，表現出一副很愉快的樣子。

然後必定會以「最強問題兒童首位在此登場！」的氣勢大鬧特鬧。

至少，如果是和阿吉．達卡哈交手前的十六夜碰上這麼有趣的姊妹吵架事件，絕對無法白白浪費大好機會，做到只是旁觀就了事的行徑吧。

然而現在的十六夜卻無論如何都無法放出那種水準的熱量。

「——……也是啦，如果能那樣做是很痛快。不過看大小姐她們的表情，根本不是做那種事的氣氛吧。」

「嘻嘻，人家明白。」

黑兔晃著兔耳回答。就算是十六夜，也無法明確定義目前自己內心發生的變化。

這是在他十七年的人生中，從未造訪過的變化。

而黑兔已經逐漸察覺逆迴十六夜的變化——還有三名問題兒童每一個人內心一點點發生的心境變化。

（克服一場大戰後，大家都站在人生的交岔路口上。可是成為大人和變得懂事是完全不同的兩回事。）

再這樣下去，會讓三個世界最高峰的才能器量都腐朽敗壞。只有這點無論如何都必須避免，正因為現在是多愁善感的時期，所以需要最多的經驗。

因此黑兔領悟到。

身為把三人召喚來這個聚集修羅神佛之箱庭的當事者，自己履行最後義務的時間到了。

＊

春日部耀做好上場準備後，克制地吃完飯，待在待機室裡靜靜等待遊戲開幕。沒有隨行人員，待機室裡只有她一個人。

她無言仰望晴朗的天空，輕輕呼了口氣。

「……不行，一口氣發生太多事情，腦袋轉不過來。」

耀抱著頭，把身子往前傾。光是自己要成為「No Name」兼大聯盟的新盟主這事就已經讓人難以置信，沒想到連最親近的朋友飛鳥都提出要脫離「No Name」自己獨立的宣言。

雖然她說過總有一天會再回來，不過這次一定會是一場漫長的離別。

對於滿心認為大家剛戰勝一場死鬥，接下來就要一起挑戰恩賜遊戲，過著愉快日子的耀來說，這消息無疑是青天霹靂。

因為她一直認為就算三人之中有誰要踏上旅途，也會是飛鳥以外的人。

（我有看出十六夜的樣子很奇怪，所以認為他可能會出去旅行一趟，修行鍛鍊一下。）

很明顯，他在阿吉·達卡哈之戰中一定發生了什麼事。

就連對他人並不關心的耀都察覺有異。因此她下定決心，萬一十六夜要離開「No Name」，到時就由她自己挺身保護共同體。可是卻沒有想像到，居然是飛鳥先決定要踏上旅途。

第七章

（……乾脆我也跟去算了。）

這是一趟要前往外界而且穿梭各個時代的旅程。想必危險重重，能多點同伴想必是好事。而且目前世上的情勢也已經安定下來，就算少了自己一個，「No Name」大概也沒問題吧……正當她思考到這裡時——

叩叩，傳來待機室房門被敲響的聲音。

「耀小姐，可以打擾一下嗎？」

「黑兔？……嗯，請進。」

這意外的來訪者讓春日部耀不解地歪了歪頭。

黑兔進入待機室後，輕輕笑了並詢問耀的狀況：

「現在如何？狀態是否萬全呢？」

「這個嘛……身體的狀態雖然好，但腦袋卻亂成一團。」

呼……耀嘆了口氣，大概是沒預料到會因為這種事情深深煩惱吧。黑兔也露出苦笑。

「人家可以體會您的心情。不過人家是真的認為耀小姐您適合擔任領導人，所以才會提出推薦喔。」

「……為什麼？就算飛鳥要去旅行，但還有十六夜吧？我覺得其實可以交給他就好。」

「怎麼可能，三位之中最不適合擔任領導人的就是十六夜先生。」

黑兔帶著笑容如此斷定，讓耀非常驚訝。

「為……為什麼？既然我做得到，十六夜不可能做不到……」

「這個嘛，能力方面應該是做得到吧。如果是十六夜先生，在十年後想必會被稱為名君……可是能不能做跟想不想做是兩回事，因為在各位問題兒童之中，十六夜先生擁有最自由的靈魂。」

十六夜願意支撐「No Name」至今，是出於他的親切心。如果這次更依賴他，雙方之間的關係遲早會產生裂痕。

「原本他應該能活得最自由自在……十六夜先生現在正抱著巨大的煩惱，可是他知道如果把這件事說出口會讓許多人受傷。其實他在打倒阿吉．達卡哈時，應該很想這樣大叫：

『我——並不想用這種方式獲勝』。」

「……嗚！」

耀的眼中染上驚愕神色。她大概沒有預料到十六夜居然是在煩惱這種事情，因為根據平常的十六夜，實在很難想像到這種理由。

然而對當事者來說，那並非簡單的事情。黑兔是因為在兔耳復活的同時也取回了「審判權限」，因此可以掌握遊戲中發生的一切。所以她才會知道，對於逆迴十六夜來說，那一瞬間的攻防完完全全只是一種不名譽的行為。

「講到不名譽的勝利……對了，舉例來說，耀小姐知道擁有太陽之鎧和必勝之矛的英傑嗎？」

第七章

「太陽之鎧……就是黑兔妳的恩賜？」

「ＹＥＳ。人家聽說過，太陽神之子迦爾納(Karna)和帝釋天之子阿周那(Arjuna)的大決鬥正是那樣的戰鬥。」

沒錯——過去帝釋天曾導致自己的兒子獲得不名譽的勝利。很巧，這件事起因於賜給黑兔的神矛與太陽之鎧。

在印度神話中擁有數一數二知名度的兩大英傑之間的戰鬥。

那就是軍神之子阿周那與太陽神之子迦爾納的傳說。

「帝釋天用奸計奪走了太陽之鎧，但如果只有這樣也還不算太嚴重。就像即使阿吉・達卡哈的狀態並非萬全，但十六夜先生和耀小姐也不會願意因此不盡全力吧？」

「……嗯。」

耀微微點頭，同意黑兔的發言。當然，帝釋天本身對於前述的行為也感到後悔。

神靈因為太疼愛自己的兒子，而侮辱了一名英傑。

那的確是卑劣的舉動，即使被他人非難身為軍神不該做出此等行徑也是理所當然的後果。

但是如果只有那樣，他的兒子還不至於如此憎恨父親。

阿周那所說的不名譽勝利——其實是指「因為父神們的詛咒，他們這對異父兄弟的戰鬥從一開始就已經註定誰勝誰負」的事實。

在決鬥結束後才得知這件事的阿周那，抱著兄弟迦爾納的頭顱大叫：

「——因陀羅啊，我偉大的父親！守住自身的尊嚴後，您感到滿足了嗎？」

淚如雨下的他就這樣抱著兄弟的頭顱對著天空怒吼。

他們兩人確實憎恨彼此，也分享了一切名譽與不名譽。雙方都燃燒著靈魂，認定在漫長的人生中，只有對方是絕對不能輸的敵人。

面對可怕又強大的仇敵，他們都只賭上性命互相廝殺。

命運的兄弟已經互相理解彼此。

兩人帶著多不勝數的怨恨與錯綜複雜的敬意來面對決鬥，每一次刀刃相接，對彼此的理解就更深一分。因此對於勝利的天秤將會倒向何方，他們也一清二楚到了心生感傷的地步。

太陽神之子迦爾納無論在哪一方面的本領，都勝過軍神之子阿周那。

因此最後頭顱被砍下的人應該要是阿周那才合理。上天不會允許，也不該允許那種不合理的結果。然而據說讓百萬士兵都看到入迷的兩名大英傑的決鬥——卻遭到眾神玷汙。

明明底定了決鬥的趨勢，阿周那卻沒有發出勝利的凱歌。他只是無言地抱著異父兄弟的頭顱，以猙獰的表情瞪著天上。

「……我是想殺了他，也覺得不能原諒他，更發誓一定要砍下這傢伙的首級。但是，我絕對……不想靠這種方式獲勝！」

印度神話中數一數二的大英傑在死鬥後，為了之前應該是憎恨仇敵的異父兄弟哭泣。因為他透過決鬥，得知迦爾納受到詛咒，必須承受所有社會性的不和。

也透過銳利的劍技，俐落的槍技，還有優美的舉弓動作來知曉他真正的人格。

正因為迦爾納具備高潔的靈魂，才會失去太陽之鎧，才會為了素不相識的陌生人而用掉只能使用一次的神矛。

明明只要沒有詛咒，他正是如同太陽般豪爽的男子漢。

又或者兩人其實可以站在同一旗幟之下，拍著彼此的肩膀，共享同一份榮耀。

然而被捲入眾神代理戰爭的兄弟連那種未來都不被允許擁有。

「十六夜先生他知道了……知道逆廻十六夜無法贏過阿吉．達卡哈。沒錯，明明應該無法打贏卻成功殺掉對方。他一定，是為了這點悲傷。」

對戰阿吉．達卡哈時的最後攻防——靠著從殿下那邊得到的獅子座恩惠，十六夜沒有被神矛貫穿。然而無論有沒有那種恩惠，十六夜都打算使用同一個作戰計畫來挑戰阿吉．達卡哈。因為他認為這個大魔王該由真正的英傑來打倒。

要眾人窮盡武勇。

要眾人竭盡智謀。

要眾人耗盡蠻勇，試著化為貫穿他胸膛的光輝之劍。

要靠著把武智勇都鑽研粹鍊到極致的一擊來貫穿心臟。十六夜確信只有做到這點，才夠格成為打倒這名大魔王的英傑。

而且阿吉．達卡哈本身應該也一直期望能有那種結果。否則，他在臨終時不會講出那種神諭。

「……你不需要感到羞恥，以前不懂的話就在這裡學會吧，這顫抖正是恐懼。」

賭上性命接下同伴丟出的神矛，再立刻借勢改變攻擊目標。既然是靠著這種極限勇氣來取得勝利，那麼連當時感到的恐懼心也是一種勳章。

——但是，十六夜卻不是這樣。

「的確是。還有別忘了，即使因為恐懼而顫抖卻依然踏向前方的腳——那就是勇氣。」

——不是……！

……不是那樣，阿吉·達卡哈……！

魔王相信自己是被真正的英傑討伐，滿足地消失。然而十六夜發抖的真正理由並不是那樣，那絕對不是源自恐懼的顫抖。

無論想像那場戰鬥多少次，逆廻十六夜都會被神矛貫穿而死。

連他自己都記不清腦裡究竟閃過多少次因為實力不足而敗北的模樣，憑一股蠻勇挑戰的十六夜原本應該屈服於魔王之下並失去性命。

殿下當時出借力量的行為，還有傑克賭命製造勝機的行為。

這些都是十六夜排定的遊戲攻略裡並不存在的要素。

一切都只不過是命運的齒輪為了讓不及格的十六夜獲勝而從旁插手。

所以那顫抖……其實是因為羞恥。面對真正的魔王卻靠著不正當手段贏得勝利的十六夜無法承受這份羞恥心，才會忍不住發抖。

而且也因為悔恨而落淚。無論是對敵人還是對同伴，十六夜都滿心歉意。

如果說在場人士裡有夠格被稱為勝利者的勇者，那麼無疑是指那些即使身為齒輪，卻還是賭上性命讓戰局演變成最後狀況的人們。

包括久遠飛鳥、春日部耀、蛟魔王、鵬魔王、傑克、莎拉、曼德拉，還有犧牲的無數同伴，他們才是真正的勇者。

逆迴十六夜……只是個局外人。他只是在那場最終決戰中，從安全區域伸手強行奪走功績的小偷。

也只是從外側眺望遠方，傾聽勝利歡呼聲的區區觀眾。

即使殺死魔王的人是十六夜——但敗給魔王的人也只有十六夜一個。

「——有某種存在為了讓十六夜先生獲勝而採取行動，在那無比強大的意志下，十六夜先生被塑造成英傑。而他大概是在不自覺的狀態下察覺到了這一點吧。」

「…………」

「他需要思考的時間。要以被塑造出的英傑身分活下去？還是要找出不同於自身被賦予傳說的生存方式？人家認為，這一定是繼續待在這個『No Name』裡就無法解決的問題。人家希望十六夜先生能夠認識箱庭這個廣大的世界，可以認清自身的煩惱和能力極限，並把這次的後悔化為動力——可是為了達成這個目標，無論如何都需要一場儀式。而能夠實行那場儀式的唯一人選，想必只有耀小姐。」

「只有我？」

黑兔以認真的眼神望向春日部耀。

然後拉起她的手，帶著滿心的期待與不安，說出一個提案。

*

——於是，開幕時間到了。

觀眾席全被填滿，座無虛席。

所謂賓客盈門就是指這種情況吧。

照慣例又化身成小販的狐狸女孩莉莉豎著狐耳並把商品一一賣出，這次其他的年長組少年少女也和她一樣四處推銷。

之後「No Name」單獨舉辦的遊戲應該會越來越多吧。這是基於黑兔好意的安排，希望能讓他們盡量多累積一點經驗。

（目睹十六夜大人他們戰鬥的狀況後，說不定會有哪個孩子將來想要成為參賽者。為了對應那種情況，我必須好好努力！）

莉莉豎起狐耳，用力握拳。

在商品差不多賣掉一半的時候——

宣告開幕的銅鑼聲響起。

「不好意思讓各位久等了！在『金剛之礦場』的正賽開始前，要由我等『No Name』的新領導人——春日部耀選手發表開幕致詞！」

——喔喔喔喔喔喔喔喔喔喔喔喔喔喔喔！

在如雷的熱烈喝彩聲中，春日部耀往前走。她踏上舞台，接過麥克風，帶著比平時更加緊張的表情站到觀眾面前。

接著耀看向整個觀眾席，猶豫了一陣子之後，發現主辦者們的旗幟都被掛起。

有「六傷」和「Perseus」，還有那面以紅布為底，留有舊「　　」餘韻的旗幟。

雖說父親擔任過領導人，但耀卻還沒有實際感受到自己成為「No Name」的新領導人。

——即使如此。

春日部耀的內心卻因為另一件事而開始興奮雀躍。黑兔對她提出的條件，正好可以用來一掃目前亂成一團的煩惱，而且最重要的是——那是最棒最有趣的提案。

耀一邊抑制激動情緒，同時拿近麥克風，講出第一句話：

「我……在『No Name』裡絕對不算實力強大的成員。還有在對抗阿吉・達卡哈時，自己真的有派上用場嗎？直到現在我還是沒有自信。我認為那次勝利，是因為有我們之外的人們願意賭上性命，才有機會獲得的勝利。」

「———」

一部分觀眾席裡傳來「沒那種事」的回應。和春日部耀一起並肩作戰的人，都很清楚她當時有多麼英勇善戰。

「原本該成為領導人的人選還有其他兩位。但是其中一人要為了拯救同志而踏上旅程，而另一個比我還強大的人，卻因為迷思自我而陷入煩惱，沒打算坐上領導人的位子。」

「……？」

現場出現令人不安的氣氛，彷彿連觀眾席都可以感受到。

耀拚命繼續不習慣的演講：

「要是我在實力沒有受到認可的情況下成為『No Name』的領導人，或許會變成後遺症，影響今後要建立的大聯盟。所以我想在這裡，先把事情給說清楚講明白。」

最後這句話毫無疑問是針對十六夜。

耀回頭看向黑兔。

「黑兔，或許會造成無法挽回的事態——真的可以嗎？」

「YES！大張旗鼓地上吧！」

黑兔眨著一邊眼睛回答。最近的她感覺莫名可靠，一定是因為獲得帝釋天的加護讓她產生

自信吧。

受到這笑容的影響，耀也露出微笑。

或許，這是三人最後一次聯手的惡作劇。

那麼就該使出全力。要是留下遺憾就無法寫下紀錄。

久遠飛鳥要在踏上自身旅途之前。

春日部耀是以新領導人的身分。

而逆廻十六夜——是為了再次擺脫一切束縛枷鎖。

為了讓他的靈魂能感受到這些話，春日部耀用盡全力大叫：

「一決勝負吧，逆廻十六夜！要是我贏了這場恩賜遊戲，直到你能夠改掉因為敗戰而成了窩囊廢的那張蠢臉之前！都不准回到『No Name』的旗下——！」

大銅鑼聲響遍整個洞穴。宣告遊戲開始的大銅鑼響聲甚至傳遍礦山全區，繼續往遠方前進。不知道這舞台接下來將發生什麼事的野鳥和猛獸無論有無智慧，大概都會遺憾終生吧。

久遠飛鳥帶著苦笑聽完春日部耀的演說，然後換個心情往洞穴深處前進。

（十六夜同學和春日部同學都會立刻開始行動，我也不能繼續磨蹭。）

斐思・雷斯——自稱為久遠彩鳥的少女。飛鳥必須和她決出勝負。

仔細回想，或許飛鳥一直特別在意她。

在巨人族襲擊大樹的大瀑布時受斐思・雷斯幫助之後，兩人對話的機會也自然增加。那自在施展的蛇蠍之劍閃救過飛鳥好幾次，相反地也曾把飛鳥逼上絕境。面對那身絕技，飛鳥的視線總是會被深深吸引。

她也曾經期待，想知道面具之下究竟藏著多麼清廉高潔的面孔。

……結果事與願違。居然會演變成這種形式的戰鬥，實在是無比諷刺。

久遠飛鳥在五彩繽紛的洞穴中前進，然後和幾乎等於鏡像的另一個自身對峙。

「…………」

喀鏘，被舉起的蛇腹劍發出聲音。

斐思．雷斯已經擺出臨戰態勢。飛鳥的位置涵蓋在她的攻擊範圍之內，蛇蠍之劍閃大概隨時可以輕易砍下飛鳥的首級吧。

即使對此一清二楚，久遠飛鳥還是對她──面貌與自己幾乎相同的女性提問：

「我可以……問一件事嗎？」

「──請。」

「妳說過……妳打算離開箱庭吧？那是什麼意思？妳不是受了女王的詔命，要去執行下個任務嗎？」

飛鳥是在明知故問。果不其然，斐思．雷斯立刻回答：

「嗯，那是謊話。如果我無法在期限前破解和女王之間的遊戲，已經安排好會被當成女王的先鋒送往外界，而且應該會採用剝奪人格的轉生形式。這個期限已經近在眼前。」

「那麼，妳為什麼要講那種謊話？」

「當時還有其他人在場……還需要更好的理由嗎？」

飛鳥默默接受這含糊不清的答覆。因為她立刻察覺，斐思．雷斯是基於曾並肩作戰的伙伴立場來為「No Name」著想。

既然如此，不需繼續多言。飛鳥已經十分理解這個面具騎士是抱著什麼樣的心情面對這場戰鬥。

……簡單來說，她本人也身不由己。

是要殺死飛鳥展開新的人生？

還是要成為女王的先鋒落入外界？

只有這兩種選擇。如果她想保住斐思．雷斯的人格，只能對飛鳥下手。

「我懂了。其實妳是亡者，憎恨我這個活人，並想要奪走我的靈格之位吧？真是厚臉皮的篡奪者，女王騎士這稱號也墮落了。的確，我在外界曾發生很多辛酸痛苦的往事，但還沒有艱辛到必須把人生讓給別人──雖然今天不是萬聖節，但我還是為已死的妳祈禱吧，彩鳥。」

既然對方不惜扼殺在箱庭培育至今的所有情愛與感情也要挑起這一戰，那麼久遠飛鳥能做的事──就只有拿出全力來抵禦這一切。

面對飛鳥銳利的氣勢，斐思．雷斯睜著帶有些許憤怒的雙眼回應：

「那是我的台詞。老實說，面貌和我相近的妳做出的種種醜態，只能說是不堪入目。例如參加大瀑布的狩獵遊戲時，妳那沒出息的戰果讓我不禁覺得很空虛，感嘆自己居然一直在憎恨這種程度的仇敵。」

「妳……講得真難聽……！」

飛鳥的臉因為羞恥而整個漲紅。原來如此，斐思．雷斯那時候的嘆息是因為失望嗎？

那麼現在就來推翻這個評價。

第八章

——生與死的境界變得模糊的日子。

生者將歡迎死者，死者將強行拉攏生者。

這正是夠格稱為神魔遊戲的宴會。飛鳥站上這個足以被視為修羅神魔之宴的舞台，準備拿出恩賜卡。

然而她才剛做出這動作，下一瞬間，神速的蛇蠍就已出擊。

「——嗚！」

看在飛鳥的眼裡，那正是來自死神的一閃。連對方揮動手臂的殘像都無法看清的她根本不可能對應這以神速使出的蛇腹劍。

這一擊媲美疾風迅雷，畢竟對已經進入臨戰態勢的對手不需手下留情。

如果是幾個月前的飛鳥，恐怕已經被這一劍砍飛腦袋。

要是少了擁有鐵壁防禦的女神——「阿爾瑪特亞堡壘」的庇佑，她已經喪命。

「——開戰了，主人。請下指示！」

山羊座的神獸帶著閃電出現，她已經做好戰鬥準備。

飛鳥握住韁繩，翻身騎到她的背上。即使身體能力方面處於壓倒性弱勢，但只要有阿爾瑪具備的鐵壁恩賜和敏捷行動力，就足以因應戰鬥。

飛鳥取出「哈梅爾的破風笛」，對著梅爾三姊妹下令：

「上吧，梅爾！梅露露！梅莉露！」

聽命！三姊妹充滿精神地回應，然後鑽進洞穴裡。

下一秒，斐思．雷斯腳下的地面變得像泥巴般濕黏。

「嗚！地面怎麼……」

「被打飛吧啊啊啊啊啊啊——！」

破風笛發出聲響，效果非常明顯。

飛鳥丟出去的三顆寶珠形成裂空之刃，從所有方位襲向斐思．雷斯。接著化為看起來彷彿有幾百幾千道利刃的超連擊，展開攻勢。

每一擊都遠超過巨人族鐵鎚威力的百千道攻擊一口氣襲來。

斐思．雷斯收起蛇腹劍，取出兩把剛槍迎擊。

「哼——！」

她調整呼吸，讓血液和肌肉配合加速的心跳。在這種情況下使出的剛槍，發揮出足以被稱為極致粹鍊的靈活性來輕鬆應付飛鳥的第一次攻擊。

從二、四、八、十六激增到三百六十的斬擊同時發動，化為神風並以疾風迅雷之勢形成風暴，就像是要回敬斐思．雷斯之前的一劍。

然而飛鳥已經預測到斐思．雷斯能擋下這波攻勢。

既然她已經習得能夠對應三頭龍的凶爪，甚至連覆海大聖都會感到驚嘆的神域之技，這種程度的風暴其實跟微風無異。那麼她必定可以因應，否則太不合理。

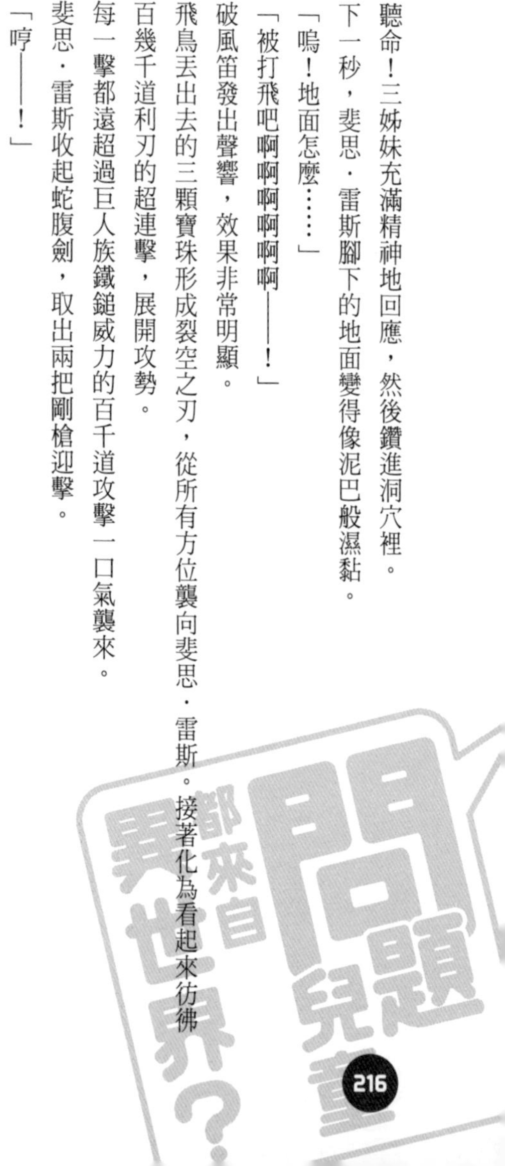

飛鳥立刻準備第二擊。

然而斐思．雷斯沒有給她機會。

就算是神風形成的風暴，但也不代表完全無隙可趁。再加上正好她的槍有兩把，即使失去其中之一，還是能夠保護自身討伐敵人。

斐思．雷斯並沒有錯失不滿剎那的瞬間空檔。

她反手舉起剛槍，丟往飛鳥的頭上。

「嗚！頂部要崩塌了！主人，請抓好！」

「知……知道了！」

阿爾瑪以焦急的語氣提醒飛鳥。飛鳥也按照指示握緊轠繩，閃過崩塌的頂部和鐘乳石，拉開和斐思．雷斯之間的距離。

崩塌的洞穴讓飛鳥和斐思．雷斯都無法掌握對方的所在位置。

「跑哪去了……！要趕快追！」

「請等一下。天空的模擬神格即將耗盡，先拉開距離重整態勢吧。」

阿爾瑪以冷靜沉著的聲音回應，飛鳥則反常地咂了下舌。

模擬神格基於本身性質，不管怎麼樣都會在一定時間後失效。斐思．雷斯也是為了算出這段時間才會破壞鐘乳洞，而且還預測到如果沒有時限，飛鳥這邊應該會立刻發動追擊。

「不只擁有技藝，還可以如此短的時間內推測出我方的弱點……在遊戲掌控方面也相當高明。主人的姊妹擁有很優秀的素質。」

「嗚……那……那種事我也明白！」

飛鳥早就清楚斐思·雷斯的武藝已達到神域的水準，過去也曾經因為彼此的實力差距而咬牙悔恨，甚至可以說是心懷羨慕。

然而經過剛才那一戰，飛鳥理解到……不是只有春日部耀克服激戰並變強，自己也因為歷經死鬥而實力提昇。

「總而言之……先找到對方的人會取得壓倒性的優勢。尋找別條路吧。」

飛鳥回收梅爾三姊妹，順便從崩塌的鐘乳洞中撿起「金剛鐵(Adamantium)」。戰鬥才剛開始，她振作精神提醒自己不可以疏忽大意，然後離開現場。

＊

正好這時——

春日部耀利用分裂出的巨大手臂，謹慎地挖掘並收集洞穴的礦石。

這遊戲會由取得最多「金剛鐵」的人獲勝。

其實不需要這樣做。因為和預賽不同，正賽已經正式認可掠奪行為，所以搶奪其他人的恩賜卡是最有效率的做法。

奪走敵人挖到的礦石，算成自己的成果。

雖然這是最有效率的方法，不過耀已經那樣大張旗鼓地挑釁，如果是平常的十六夜，絕對會主動尋找耀的下落。

所以像這樣一邊等待襲擊者一邊收集礦石也是一種很踏實的手段。畢竟和十六夜的決鬥雖然重要，但是在遊戲中獲勝也很重要。

（只有單純戰鬥然後獲勝不算是真正的恩賜遊戲，也必須懂得像這樣因應所有可能狀況！十六夜沒有能用來採礦的恩惠，持有的礦石應該很少！）

春日部耀拚命地努力挖掘。

正賽的時間是一小時。前半段時間先收集「金剛鐵」，然後再展開戰鬥，這種安排應該不會有問題。而且耀已經先想好確保萬全的策略。

現在總之要挖掘再挖掘。

她謹慎地把累積起來的礦石收進恩賜卡裡。

然而，實際上恩賜遊戲並沒有簡單到光靠這種踏實手段就足以獲勝。為了對應最糟的情況，或許把恩賜卡藏起來也是一種可以使用的辦法。

就在此時，鐘乳洞整個劇烈搖晃。

「「「ra……Ra……G……EEEEYAAAAaaaa！」」」

「嗚！」

未知的吼叫聲讓耀不得不停下挖礦動作。她並沒有聽過剛才的叫聲，而且還不只一個。進入正賽的參賽者應該只有六人，舞台內不可能會響起如此凶猛的吼叫聲。

說不定是有住在鐘乳洞內的幻獸闖入遊戲。

耀正想去確認吼叫聲的真相，然而下一秒——鐘乳洞本身就像是獲得生命般傳出脈動。

（像阿吉．達卡哈那樣讓鐘乳洞成了生命體……！可是是誰做的？）

對方不簡單，這應該是給予方的恩惠——被稱為「權能」的力量。但是耀並沒聽說參賽者裡有那樣的人。

如果有能行使權能的強者參賽，事情可就棘手了。如果不先打倒對方，說不定會受到干擾。

於是耀先把挖到的礦石收進恩賜卡裡，然後前往洞穴中心部。

但是她在那邊卻看到了意外的人物。

「把他圍住，阿爾格爾！別讓那傢伙逃了！」

「GEEEYAAAaaaaa！」

傳出脈動的鐘乳洞形成尖牙和利爪，襲擊逆迴十六夜。十六夜嘴邊雖然掛著輕浮的笑容，但是卻找不到出手機會，遲遲無法反擊。

「嘖……！『金剛鐵』被惡魔化之後果然難對付，盧盧！」

現在的情況和白亞宮殿那次不同。

即使絕不是因為速度太快，然而一旦含有大量「金剛鐵」的大地全都化為蛇蠍魔物，就算是十六夜也無法輕易處理掉所有敵人。

銳利的牙齒從上方襲擊十六夜。儘管能震撼星辰的一擊能夠輕鬆打碎未加工的「金鋼鐵」，然而戰況還是不像上次對戰那麼輕鬆。

咧嘴露出犬齒的十六夜滿臉凶猛笑容，就像是興致已被勾起。

「哼……！我還以為阿爾格爾在英仙座消滅時也一起消滅了！這是怎麼回事，盧盧！」

「我在阿吉．達卡哈之戰中獲得的功績被認可，所以只有三分之一恢復！雖然無法召喚，不過可以使用阿爾格爾的權能！我要在這裡一雪上次的恥辱！還有，別叫我盧盧！」

盧奧斯一邊以飛翔之靴自由自在飛行，同時尋找機會。

不過，十六夜的戰鬥對象不是只有他一個。

有一隻身纏強烈風暴，腳下踩著大氣的獅鷲獸襲擊十六夜，他跳起來躲開惡魔之牙，然後從正面接下衝擊。

「嗚……！格利，你這傢伙！」

「GEEEYAAAaaaaa！」

獅鷲獸發出凶猛叫聲並往前衝刺，這衝力和過去完全不同。耀注意到他的背上被賜予新的翅膀，詫異地張口叫道：

「格利！你的翅膀是怎麼回事！」

「喔喔，是耀嗎？妳來得正好，我要矯正這個大蠢材，妳也來幫忙吧！」

——咦？咦？不知道怎麼回事的春日部耀只能把腦袋左右歪來歪去。

「什麼嘛，你居然還在生氣。現在不是很好嗎？你可是從帝釋天那裡獲得具備神格的翅膀，到底有什麼不滿？」

「誰拜託你做這種事！對我來說，這傷是榮耀而非恥辱！只要想到我的翅膀是獻給你的生命和『Underwood』的勝利，我甚至感到極為可貴！——結果你是怎樣？沒先取得我的同意就擅自治好！」

「所～以～說～！那樣會造成我的重擔！我沒興趣在人生裡都一直欠債沒還！而且在你負傷時我就說過遲早有一天會還清這份人情吧！」

「但是我沒叫你還啊！」

「給我閉嘴！你這個黑心高利貸！」

兩人從未如此意氣用事。

盧奧斯聽不懂他們在吵什麼，但起碼可以理解根據氣氛，兩人應該是真的在生氣互嗆。所以他雙手抱胸，決定總之先等他們告一段落。

暫時停止攻勢的他回頭看向耀。

「妳……叫春日部耀吧？妳也是想要先幹掉優勝候補嗎？」

「我？我是為了履行剛才下的宣戰布告——」

「好，我明白了！我本來就認為必須拿出全力跟你打個一場！做好心理準備了嗎，十六夜！」

「正合我意，獅鷲獸！我會反過來教訓你，把你做成烤雞！給我覺悟！」

十六夜和格利一起發出怒吼，兩人之間的情勢愈發緊繃。

這下連耀也忍不住滿心焦急，要是他們再繼續下去，她的面子可掛不住。

「等……等一下！明明先發出宣戰布告的人是我，為什麼大家都要來插手？至少要按順序啊！」

「……啥？」

盧奧斯懷疑地反問。

十六夜到這時才總算注意到耀。

「春日部啊……正好，我有話要對妳說。」

「嗚……嗯。」

耀以非常緊張的態度挺直身體站好。畢竟她那麼大膽地用麥克風叫陣，根據十六夜的個性，說不定他會立刻發動攻擊。

透過「拉普拉斯小惡魔」欣賞比賽的觀眾們也屏氣凝神地旁觀情勢，莉莉和愛夏還有女性店長也都包括在內。

黑兔緊握住麥克風，做好要見證一切始末的心理準備。

（十六夜先生……！）

緊迫不安的氣氛籠罩觀眾席和舞台。

然而，十六夜卻突然換上平穩的表情。

「春日部。」

「什……什麼？」

這平穩的語氣讓耀稍微放鬆，然而這種安心情緒卻在下一瞬間被狠狠打碎。

「『No Name』就交給妳了——我要稍微離開共同體，去旅行一趟。」

「——……」

——……？（觀眾席）

——……？（實況席）

——……！？（箱庭貴族）

「哦？這是怎麼回事？」

「就是我要推薦春日部耀成為領導人，畢竟大部分的事情好像都已經談得差不多了。如果春日部肯扛起來那正合我願，我自己要去增廣一下見聞。」

「這不是很好嗎？應該會比你當領導人還好得多。」

格利發出像是感到佩服的聲音，盧奧斯則以興趣缺缺的態度插嘴。

這時，耀終於發現三個人有點奇怪。

「由耀來擔任領導人嗎？哈哈，身為友人，我也與有榮焉。她想必能成為超越前代的領導人。」

「我覺得她在你們三個之中看起來最正常，所以也很歡迎。畢竟這傢伙和紅色那個都太凶猛了。」

「喂喂，那是你不知道自由人春日部的本領才能講那種話。這傢伙其實也相當——嗯？妳怎麼了，春日部？」

十六夜以充滿疑惑的態度看向耀。

她依然垂著頭，因為羞恥而全身顫抖。不只雙頰整個泛紅，甚至連耳朵後方到脖子也整個紅透。但這也是理所當然的反應。

直到現在，耀才終於掌握事態。

「……我問你們三個。我在舞台上發表演說時，你們在做什麼？」

「演說？」

「妳在說什麼？影像沒有送進待機室裡。」

「我去見釋天了……是不是發生了什麼事？」

——原來如此。

是這樣，原來是這麼回事。居然是這樣。

不愧是「箱庭貴族（笑）」和最強軍神（笑）。

都是出於好意才採取行動，但是只會做些多餘的事情。

託他們的福，耀丟了人生最大的臉。觀眾席肯定一片啞然，還有之後絕對會被愛夏狠狠嘲笑一番。

繼承領導人之位後的第一次演說就出糗，這到底是什麼拷問……！

「——黑～兔～！」

「……是！」

——這筆帳，妳給我好好記住。

春日部耀滿心怨恨地低聲嘀咕。

擔任裁判的黑兔能夠掌握遊戲中的所有狀況，剛剛那句低語裡包含的壓倒性怒氣讓她忍不住瑟瑟發抖。

看樣子可靠的期間已經宣告結束，實在遺憾。

「……春日部？怎麼了？」

「沒事！是啦也沒什麼！反正只是我為了十六夜你白擔心了一場而已！——哼！想去旅行就隨便你去吧，畢竟我早就比你還強，『No Name』也已經不需要你了！」

春日部耀一時氣昏頭，滔滔不絕地說道。

雖然十六夜不知道她為什麼會變得如此自暴自棄，但是被講得這麼難聽，他當然也不會默不吭聲。

「妳還真敢講。的確我並不認為自己可以輕鬆贏過妳，但也不認為會輸。」

「哼~我已經聽飛鳥說過了，說你已經認為是我比較強！」

「喂喂喂，居然針對男人在有點神經過敏時表現出的謙虛態度來窮追猛打，未免太遜了吧。就算妳鬧起彆扭，也根本不可愛啊。」

兩人開始一來一往地互相挑釁。

盧奧斯和格利原本愣愣地旁觀情勢，但不久之後就都擺出臨戰態勢並開口宣告：

「雖然怎樣都好，不過差不多該開戰了吧？畢竟還有時間限制。」

「嗯，總而言之，打場多人亂戰就可以了吧？」

「也對，來打場多人全力圍毆十六夜的對戰好了，因為我現在也很想往他的臉上招呼一腳，把他踹飛出去。」

「哈！正合我意！你們拚命找碴，讓我也不由得滿心怒火！三個人全都一起給我放馬過來吧——！」

四人發出怒吼，彼此衝突。

「金剛之礦場」開始進入中盤戰。

——回溯時間，在遊戲即將開始前。

十六夜選了個和待機室與實況會場都有一段距離的地方，把御門釋天找來。

御門釋天滿臉狐疑地瞪著十六夜，摸不清楚他在遊戲開始前想做什麼。

「喂喂，你是怎麼了，十六夜？把我叫來這種都沒人的地方。」

「……沒什麼大事，只是我又想到另一個想要的獎賞，所以想說找你要要看。」

御門釋天開著玩笑，但十六夜卻以似乎帶著點克制的眼神看他。

那眼神就像是面對獵物，正在考慮要不要撲上去的野獸。察覺到氣氛不對勁的御門釋天為了以備萬一，稍微放出一點靈格。

原來如此，其實他想要這種獎賞嗎？

的確是沒有辦法在他人面前提出的要求。御門釋天是「精靈列車」的出資者，也是聞名天上天下的大神「帝釋天」微服私行的模樣。意圖求戰的願望過於冒犯，當然不可能說出口。

問題是御門釋天現在的靈格能戰鬥到什麼程度……

「別誤會，我不是想找你打架，只是有事想問。」

「什麼啊，原來是這樣。」

御門釋天表現出有點失望的反應。

帝釋天過去也是曾以問題兒童的身分打響名號的廢神。由於他把十六夜等人當成後輩看待，所以也很想交手一次試試吧。

「算了也罷。那麼，你想問什麼事情？」

「嗯，那我就開門見山地問吧……你（帝釋天）在箱庭裡算是多強？」

聽到十六夜這直截了當的提問，就連御門釋天也忍不住面露苦笑。的確，這也是一種不能公開正面提問的事情。雖然他是立於許多神靈之上的諸神之王，但是在這個有各式各樣的多元宇宙如粒子那般堆積起來的箱庭中，就不一定是那麼回事。

無論是回答「在誰之上」或「在誰之下」，都會引起糾紛。

因此御門釋天決定含糊應付過去。

「你要知道，只要位於三位數，基本上每一個人的靈格都是等價。只有女王違背這規則。至於更上面的兩位數——『全權領域』根本已經不能站上戰鬥舞台。」

「——不能站上舞台？」

「嗯。白夜王就是典型，除非能執掌起源宇宙的所有質量，否則天動說就不會完全達成。但是那個人卻只憑少少兩個權能就到達了『全權領域』。」

「全權領域」——並非是一種比喻，而是實際上處於最高位置，僅限把所有權能都納於己身的人才能夠到達的領域。

同樣，「全能領域（箱庭三位數）」是指擁有全部能力的領域，但實際上卻無法如同字面那般真正全能。因為就算在箱庭外的確是全知全能，但是在這裡，以「全能悖論」為首的各種悖論卻會導致他們無法單獨行使全能。所以在發生戰爭之際必須把全能能力的一部分作為恩賜賦予他人，並進行代理戰爭。

「如果基於這種意義，一位數可以說是只具備局部能力的未完成靈格吧。『衰微之風（End Emptiness）』就是最好的例子，因為那是把『讓所有世界（故事）終結的權利』賜給所有全能者與全權者的靈體。」

「……如果真的是那樣，那根本已經是超越論輸贏這層次的對手了。」

「那還用說，你把箱庭當成什麼地方？往上看根本沒有盡頭，無論再怎麼努力，都會有下一個和更下一個敵人出現——不過呢，正是因為這樣！我才會覺得箱庭世界有趣到不行！」

御門釋天手扠腰，以毫不顧慮任何人的態度回答。

十六夜聽到這裡，沉默了一陣子之後，才平靜開口：

「那麼——我想問問帝釋天。現在的逆迴十六夜，實力是什麼程度（Rank）？」

這終於說出口的真正提問讓御門釋天懷疑起自己的耳朵並瞪大雙眼。

看十六夜一臉鄭重表情，釋天原本還在猜測他究竟是想問什麼，沒想到居然是這種很不像他的問題。這麼初步單純的煩惱未免也太誇張。

然而十六夜本人卻非常認真，他應該也苦惱很久，難以決定該不該問吧。

御門釋天先笑了一陣子，才帶著不懷好意的笑容回答：

「好，我知道了。就由我御門釋天來核定一下吧……嗯，若看武智勇的總和實力，到達四位數也是合理。不過技能方面有點問題，如果不把『模擬創星圖（Another Cosmology）』算進來，應該打不贏蛟魔王吧。更不用說最強種了。」

「那麼該怎麼做才能打敗三位數……不，事到如今也沒必要再掩飾。打開天窗說亮話，我要怎麼做才能進步，強大到可以一個人戰勝阿吉．達卡哈？」

聽到這豁出去不顧一切的提問，御門釋天這次真的忍不住爆出大笑聲。

「這問題的答案你得自己去找，要是這裡找不到，就去外面旅行。『No Name』並沒有弱小到少了你一個人就會出什麼事吧？如果擔心的話，可以趁這個機會好好確認。」

御門釋天轉身背對十六夜，這動作應該是在表示他不打算繼續回答問題了吧。

「是啦，不名譽的勝利會伴隨著連那個阿周那都忍不住落淚的痛苦，也不是能輕易克服的東西。要是在經歷死鬥後能理解對手，還會更加強烈——真是，被迫扛起正義和邪惡，肯定很沉重吧。」

「嗚……」

最後那句話，是獻給魔王阿吉．達卡哈的餞別之言，這個同時擁有善神和惡神兩種面相的大神比任何人都理解那個魔王。

「我說，十六夜。雖然我也知道自己是個廢神……不過自認有正確理解你的痛苦。正因為如此，我希望你不要消沉墮落。畢竟不管怎麼說，你的神話甚至還沒開始。」

只講完這些話，御門釋天就忍著笑意走回實況席。接下來的事情要由十六夜自己決定。

是要成為歷史的齒輪拯救世界呢？

還是要投身於別的戰鬥呢？

不管會往哪邊發展……毫無疑問都是最愉快有趣的事情。

*

蛇蠍的劍閃掠過飛鳥的脖子。

這是絕妙到要是再差一張薄皮的厚度，說不定頸動脈就會被斬裂的一擊。飛鳥一邊因為多次逼近的死神鐮刀而深感戰慄，同時對阿爾瑪追加新的寶珠。

雖然她用得很慷慨，但是這東西的數量有限。

連同時間限制的問題，可以說是最大的弱點。

要是演變成持久戰，這部分就會更加不利。飛鳥雖然慢慢被逼上絕境，但也開始理解彼此的力量關係。

（持久戰雖然不利，但反過來說，也代表她只有這些辦法！考量到我方有堅不可摧的阿爾

瑪，比較有利的還是這邊……！）

就算斐思．雷斯能運用極為巧妙的劍術，能自動做出防禦行動的阿爾瑪特亞堡壘還是她的剋星。

面對身為埃癸斯神盾的阿爾瑪，有能力從正面擊破她的恩惠真的很稀少。想要擊破埃癸斯神盾，必須具備的並不是物質上的破壞能力，而是某種特殊恩惠吧。

（勝機一定會到來！只要別弄錯步調掌控就能獲勝！）

感覺到成效的飛鳥握緊韁繩。

正好這時，從背後不斷逼近的氣息停下腳步。

「……不愧是阿爾瑪特亞，看來宙斯神的養母果然並非浪得虛名。我的劍技似乎無法打破妳的防守。」

停下腳步的斐思．雷斯只說了這些話。飛鳥認為現在是奪勝的時機。對方可能有什麼策略，不過阿爾瑪的突破力和防禦力都凌駕於她之上。

如果想決出勝負，只能把握現在。飛鳥再給出三個模擬神格，提昇阿爾瑪的靈格。儘管數量不足以將她的靈格提昇至極限，但防守卻因此變得更堅固。

發出嘶吼聲的阿爾瑪特亞也明白現在就是輸贏關鍵。

「看來還是不得不使用……用出我的……我們的權能之根源。」

不知道為什麼，斐思．雷斯把劍收進恩賜卡裡。的確那把蛇腹劍無法突破阿爾瑪的防守，然而就算那樣，赤手空拳又是什麼意思？

——不祥的預感讓飛鳥脖子後方的汗毛豎起。毫無疑問現在的確是勝機，但是飛鳥卻總有一種感覺，認為要是現在衝過去將會導致致命性的敗北。

「算了！不要猶豫！以全力衝刺！」

「是，主人！」

阿爾瑪發出強烈到似乎會造成鐘乳洞崩塌的閃電。如果這一擊無法分出勝負，只要立刻重整態勢就好。

面對勝機卻選擇轉身離開並不是久遠飛鳥會做出的行為。

就算這是——正好符合斐思・雷斯預料的行動也一樣。

「上吧，阿爾瑪！用這一擊決定一切吧——！」

化為雷霆的山羊座星獸以吼叫聲回應。大氣發生熱膨脹現象，四處都響起雷鳴。希臘神群最強之盾如今成為最強之矛，舉起頭上的角朝向敵人。

這迅雷一旦奔馳，萬物必定會回歸於灰燼。這星獸的一擊應該會徹底討伐毀滅仇敵，讓對方甚至連原子也無法殘留吧。

蛇蠍的劍閃無法對抗，也不可能對抗。在接觸的瞬間，一切存在於物質界的事物就會遭到消滅。

（媲美雷霆的一擊，再怎麼說也無法躲開吧。）

無法擋下。

想隨手應付更是異想天開。

那麼該怎麼做才好呢——這種事已有答案。

「認為埃癸斯神盾不可能被打敗的傲慢想法正是妳的敗因，飛鳥。」

眼神中點起憂愁。與此同時，斐思．雷斯從恩賜卡內取出一把銅劍。領悟到那把劍是什麼的瞬間，阿爾瑪發出絕望的慘叫。

「嗚！不好！」

原本她的衝刺該一直線貫穿對方腹部，卻突然把身體往後仰並往前滑動，像是為了閃避那把銅劍。而斐思．雷斯的銅劍本來試圖將阿爾瑪從中間一劍劈成兩半，最後只達成劃破最強之盾腹部的偉業。敵對的雙方都因為彼此帶著必殺之意而施展的一擊沒能成功而狠狠咂舌。斐思．雷斯也打算靠剛才那一擊分出勝負。

依然不明白發生什麼事的飛鳥因為背後受到強烈撞擊而產生輕微的嘔吐感。

「好痛……怎……怎麼了……？」

「請趕快逃走，主人！那……那把神劍，是我的天敵！」

化成人型的阿爾瑪半瘋狂地大叫。雖然無法確定她為什麼成了人型，不過真正危險的並不是這點。

現在，她的身體已經失去所有靈格。

「靈格被消滅的現在，即使是我也無法保護妳！請立刻去尋求同志的幫助！那把神劍——『天叢雲劍』不是我等有能力對付的東西！」

阿爾瑪帶著必死的決心，擋在斐思．雷斯面前。

聽到她口中說出的神劍，飛鳥無法掩飾住驚愕的反應。因為只要是在日本出生長大的人，無論是誰都聽說過這把神劍的名字。

「『天叢雲劍』……！怎麼可能，為什麼她有三神器？那東西應該存在於我的時代並被供奉著啊！」

對於飛鳥這理所當然的疑問，斐思．雷斯冷淡回應：

「……妳的理解力真差，飛鳥。『天叢雲劍』曾在歷史上登場數次，而且也在歷史中遺失了好幾把。這是平安時代時丟失的那一把。一般來說這神劍只是存在而已，但僅限由具備日本神群神格的皇族持有這把劍時，會發揮出原本的力量——成為能讓周圍所有的異能、恩賜、魔術等靈格都失去效用，能調律萬物的神劍。」

聽到這權能，讓飛鳥覺得有猛烈的電流竄過全身。

如果是能讓恩惠的效能無效化，她還可以理解。因為這能力並非那麼罕見的恩惠，差不多只是在一部分「模擬創星圖」中被當成附加價值的能力。

問題是另一個能力——如果能讓靠恩惠來取得的異能或靈格失去效果，那麼這已經是另一個次元的力量。到底該怎麼做才能與之對抗？

「主人！請妳振作一點！那的確是強大的神劍，但絕對存在著與能力相對應的風險！現在請先逃走，建立作戰計畫！」

阿爾瑪的發言讓飛鳥回神。她說得沒錯，既然是擁有如此強大力量的神劍，應該隨時都能殺死自己。

然而斐思・雷斯卻沒有那樣做，表示其中一定有某種理由。

「嗚！對不起！請妳幫我爭取時間，阿爾瑪！」

即使感到不甘心，但也只有這個辦法。

飛鳥抱著梅爾等人，瀟灑地跑離現場。斐思・雷斯沒有立刻追擊，而是轉身面對眼前的阿爾瑪並舉起神劍。

然而，這是她第一個失誤。靠著這一連串行動，阿爾瑪已經看穿斐思・雷斯背負的風險。

阿爾瑪押著被砍傷的腹部昂然站立，即使冒著冷汗仍露出無畏笑容。

「……妳不追上去嗎？如果是現在的妳，應該可以丟下我並砍殺主人吧？」

「妳這話真是充滿惡意呢，山羊座的女神。這把神劍是能斬斷周圍一切神祕的權能，即使是身為使用者的我也不例外。」

沒錯——也就是說，身為所有者的斐思・雷斯的靈格也因此衰減，身體能力還退化到只是普通少女。那麼一般來說會認為現在戰況是五五平手吧，然而身為女王騎士的她就算失去靈格，還擁有卓越的劍技。

想在這種狀況下打倒斐思・雷斯，只能由技藝在她之上的人試著取勝。

（主人不可能辦到，果然還是只能靠我嗎……！）

儘管不敢說是百般武藝，但阿爾瑪特亞的武術也有相當高的水準。如果只是武藝程度一般的對手，她應該能輕鬆對應吧。

但這名少女不一樣。她並非常人，而是以一擋千的高手。在擁有許多著名騎士的凱爾特神群中，她把自身定位為第九席。斐思・雷斯當然很清楚那是多麼了不起的偉業，所以毫無疑問，她擁有可以說是已踏入神域的劍技。

（如果以她本來該隸屬的日本神群來看，這武藝肯定能位列前五……！現在的我能夠與之對抗嗎……？）

阿爾瑪按著被砍傷的腹部擺好應戰架勢。

斐思・雷斯也把「天叢雲劍」舉在身前，劍尖朝向阿爾瑪。看到這種甚至讓人誤認她從背脊到軀幹彷彿都有一把劍作為軸心的安定感，阿爾瑪不由得有些頭昏。為了學得如此高明的劍技，這個少女到底花費了多少時間？

（她的師父是達格達(Dagda)或斯卡哈(Scáthach)吧？魯格應該已經變身為槍……嗚！不管怎麼說都太遺憾了！如果要比較弟子，真希望至少再等一年！）

讓擁有同等素養和相反才能的雙胞胎現人神彼此競爭。這種事本身雖然可以接受，但飛鳥還是顆剛開始受到研磨的原石。阿爾瑪就是為了能在今後按照自己喜好來親手磨練飛鳥，才會

接受不合本意的主從契約。

「嗚！雖然這是堂堂正正的決鬥，但是不利條件也太嚴重了！不但修行時間很短，而且對手還拿出『全權領域（箱庭二位數）』的神劍，主人根本沒有勝算吧……！沒有日後再戰的可能嗎？」

明白自己沒有機會的阿爾瑪一邊爭取時間，同時提出停戰要求。既然能讓所有恩惠都無法使用，等於一隻腳已經踏入「全權領域」。

不過要是斐思·雷斯會因為這種話收手，那麼這場遊戲根本打從一開始就不會發生。

斐思·雷斯保持只要再踏一步就能出手攻擊的距離，傾斜刀身以最小限度的動作使出類似沿肩斜砍的斬擊。

雖然這是僅僅移動數公分的斬擊，但是要對付赤手空拳的敵人，卻是最有效的做法。面對難以閃躲也難以彈開的攻擊，阿爾瑪只能以後退因應。

側腹被砍傷的阿爾瑪無法取得軀幹的平衡。要是因為往旁邊躲避而失去重心，第二擊就會把她砍成兩半。

不過斐思·雷斯的劍尖卻像是早已預料到她的反應而停止動作。原本停在阿爾瑪鼻子前方三寸的刀鋒先隨著往後拉的動作往下移到胸前，然後瞄準左胸往前刺。

（嗚！她使出刺擊！要賭的話只能趁現在！）

在劍技之中，刺擊是一種有利有弊的劍法。基於本身性質，刺擊很容易造成身體處於無防備狀態。

再加上斐思・雷斯手上的武器並非護手刺劍（Rapier）或日本刀那類劍身較薄的刀劍，而是類似西洋劍的樸素銅劍。要以視線捕捉軌跡是很容易的事情。

右邊腹部被砍傷的阿爾瑪雖然反應慢了一步，不過還是能夠躲開。只要能抓住對方刺擊時伸過來的手臂再將其按倒在地，她就會獲得勝利。

然而斐思・雷斯的武藝並沒有放過阿爾瑪的焦躁。

負傷的阿爾瑪會企圖在短期內分出勝負，這是不言而喻的道理。斐思・雷斯很清楚只要自己故意露出破綻對方必定會上鉤，所以才會使出拿銅劍刺擊的這種下策。

面對試圖抓住自己手臂的阿爾瑪，斐思・雷斯的對策是抬起穿著鋼鐵護具的腳踢向對方腹部的傷口。

「嗚……！」

這瞬間，劇痛讓阿爾瑪無法思考。如果還保持著靈格或許能有什麼辦法，不過既然現在只是人類，完全沒辦法因應這片空白。

斐思・雷斯是為了讓阿爾瑪往右邊閃避才會瞄準左胸攻擊。因為她判斷在重心偏向右邊的狀態下攻擊側腹，可以出其不意地造成疼痛，奪走阿爾瑪的意識。這遊戲掌控與其說是穩重踏實，反而像是在下象棋的連將殺局，讓阿爾瑪落拜倒地。

「將軍了。只要妳不繼續礙事，我是可以放著妳不管……」

「開什麼玩笑……！」

「我想也是，那麼就這樣吧。」

響起空氣被切開的聲音。雙腳肌腱被砍斷的阿爾瑪因為劇痛而扭動身體，但是性命沒被奪走倒是讓她有點意外。

「為什麼……？」

「妳是見證人。無論哪邊勝利，要是沒有人知道結果未免太寂寞了。尤其是如果由我獲勝，勝者和敗者都會離開箱庭。」

語畢，斐思·雷斯把「天叢雲劍」收進恩賜卡。

「被『天叢雲劍』砍傷的人在劍之威光消失後，靈格還會繼續被封印數天。妳暫時無法起身，但過一段時間就會痊癒。現在最好不要動。」

這下就是一對一了，已經沒有必要使用「天叢雲劍」。接下來將是只靠自己培育的武技和恩惠來互相競爭的戰鬥。

斐思·雷斯換回蛇腹劍，離開現場去尋找飛鳥。

身為敗者的阿爾瑪只能趴在地上，不甘心地目送她的背影。

*

春日部耀、盧奧斯、格利三人只聯手了一小段時間。畢竟包括十六夜在內，他們四人都使用出強大力量，自顧自地發揮威力，所以拆夥其實也是理所當然的結果。合作關係自然解除，四個人也各自對付不同的敵人。

然而，其中只有盧奧斯不知道躲哪裡去了。

（混帳東西！那個隱者的恩賜真的很難搞！）

十六夜一邊扯斷「金剛鐵（Adamantium）」的大蛇，同時尋找盧奧斯的下落。獲得黑帝斯恩惠的隱者頭盔讓十六夜感到最為棘手。雖然盧奧斯有時候會為了下令而發出聲音，但除此之外卻可以說是幾乎完全感覺不到氣息。

結果為了避免遭受偷襲，十六夜只能被迫隨時都在移動。即使跑個一小時也不會讓他耗盡體力，不過再這樣下去，盧奧斯持有的礦石量就會維持不變。而且也不知道盧奧斯在打什麼主意，他幾乎無視其他兩人，專門針對十六夜下手。

（好啦，該怎麼辦……！已經來到該下決斷的時候了……！）

要無視盧奧斯去對付其他兩人呢？還是該從最讓自己感到棘手的敵人開始解決？不過既然是逆廻十六夜，根本不需要去思考這種問題。他露出凶猛的笑容，緊貼著洞穴角落，對著無法看見的盧奧斯大叫：

「盧盧！來一決勝負吧！現出身影放馬過來！」

這是粗劣的挑釁，十六夜很清楚會失敗。

他的目的是三招之後的攻防。於是事態如十六夜所願，他周圍的岩壁開始惡魔化並傳出脈動。

（他動手了……！）

十六夜就像是被出其不意的偷襲逮住，雙手雙腳都被拘束。他預料到只要自己背靠洞穴角落，盧奧斯肯定會讓那裡惡魔化。

而且也預料到，最後一擊會由盧奧斯親自出手。

「阿爾格爾，繼續這樣壓住他！最後由我自己動手！」

從聲音判斷，距離大概是十公尺左右。發現盧奧斯已經來到意外接近的地方，十六夜立刻扯斷右腳的束縛，當場踹碎地面。

「有什麼……好囂張！」

碎片形成風暴，伴隨著爆炸聲往上衝。被十六夜踢起的岩石化為散彈，飛往他正面的所有範圍，還震撼整個洞穴。

這衝擊讓鐘乳洞的洞頂出現裂縫，鐘乳石如長槍般一根根落下。

不過十六夜另有其他目的。

（好，掀起煙塵了！這樣一來，不管他從哪邊出手都可以看出動靜！）

在白亞宮殿時，春日部耀是靠海生哺乳類的音波來看穿隱者頭盔。

這是在應用那招。雖然很像是在模仿別人用過的攻略法，讓十六夜盡可能不想使用，但現在沒辦法計較那麼多。這恩賜是「Perseus」持有恩賜中最具備威脅的一個。

一旦沒能一擊解決對方，就再也沒有下次機會。

十六夜握緊拳頭，灌注力量。

雖然除了一隻腳以外，其他手腳都還被惡魔化的岩壁拘束住，不過這種東西隨時都能解開。十六夜是判斷要一直維持被抓著的狀態直到極限為止，才比較能夠引對方上鉤。

他為了不要錯過任何一丁點的煙塵流動，集中精神凝視。

當右方的煙塵晃動的下一瞬間，十六夜睜大雙眼。

「——在那裡嗎！」

十六夜粉碎束縛右手的岩壁，擊出一拳。他的拳頭打散煙塵，正確地捕捉到現身的隱者頭盔並打碎對方。

然而下一秒，驚嘆神色在十六夜的眼中擴散。

（嗚——！盧奧斯不在這裡！居然只有隱者頭盔和飛翔之靴！）

這瞬間，十六夜察覺上了當的人是自己。盧奧斯利用隱者頭盔和飛翔之靴為誘餌，引出十六夜的全力一擊。

而盧奧斯並沒有放過這換算成時間還不到一剎那的破綻。

「互耍詭計是我贏了——逆迴十六夜！」

盧奧斯從上空往下落，瞄準十六夜的背後。相較之下，保持出拳姿勢失去平衡的十六夜還沒有掌握盧奧斯身在何處。

這下雙方已經完全分出優劣。即使擁有獅子座的恩惠，對上殺死星靈的鐮形劍也處於不利。而且盧奧斯位於上方，而十六夜在下方。

以姿勢來看，要這樣迎擊根本是不可能辦到的事情。然而即使在互耍詭計後落於劣勢，十六夜的沸點也沒有柔弱到會對這種道理投降。

「很好！既然這樣，我只要把上下左右的所有方位全都一口氣打飛就行了——！」

往下揮的拳頭直接打向大地。

這瞬間，讓人誤以為是大地震的衝擊傳往整個礦山城鎮。被十六夜全力揮拳打中的岩壁豎了起來，同時整個碎裂，然後以幾乎要貫穿地殼的衝力下擊，讓周圍跟著逐漸瓦解。山脈傾斜，洞穴內許多地方都開始崩塌，觀眾席也陷入被好幾顆岩石砸中的事態。

「不……不好了！」

黑兔拿出「模擬神格．金剛杵（Vajra Replica）」把落石全都打碎，然而只靠她一個人實在無法因應。

在突然出現落石而響起的慘叫聲中，觀眾席裡有人出面幫忙。

「這可不行！上吧，曼德拉！」

「姊姊大人請去右邊！我負責左邊！」

「莎……莎拉大人？還有曼德拉大人！」

黑兔豎起兔耳大吃一驚，莎拉和曼德拉一起擊碎落石並登上舞台。

雖然聽說莎拉已經取回鷲龍之角，不過她不是和柯碧莉亞一起在靜養嗎？

「抱歉，因為有點事必須過來一趟，所以就偷偷來了。其實是因為珊朵拉的事情——」

「……姊姊大人，那件事以後再說吧。現在的首要之務是保護觀眾。」

「ＹＥＳ！有兩位幫忙就像是獲得百人之力！問題是城鎮那邊……」

「那邊不必擔心。『No Name』的諸位應該在昨天就到了，只要有他們在，想來沒有問題。」

聽到莎拉的話，黑兔握緊雙手表示感謝。

同一時間，在礦山蓄水池邊有白雪姬、蕾蒂西亞以及克洛亞正在支援。

堵住蓄水池，避免池水沖往城鎮內的白雪姬帶著焦躁開口抱怨：

「真是！主子下手真是不知道輕重！」

「說得沒錯，這次是因為有白雪才能平安無事，但再怎麼說都希望他能反省。畢竟只要一有差錯就會造成大災害。」

「咿哈哈哈！嗯，有一半要歸功於本大爺的空間跳躍！」

維持影子外型的克洛亞發出愉快的笑聲。

不過他們雖然嘴上抱怨，同時也理解十六夜的狀況。知道他對遊戲投入到甚至必須全力揮拳，讓眾人率直地感到安心。

「……如果他有樂在其中就好了，我果然還是真心希望主子他們能在箱庭裡過著愉快的生活。」

「哼，飛鳥和耀姑且不論，我倒是認為主子過得十分隨心所欲。」

白雪姬的抱怨讓蕾蒂西亞以苦笑回應，不過兩人都很明白。

這次戰鬥——將會決定三名問題兒童該前進的未來。

*

在所有騷動即將平靜下來之前，十六夜和盧奧斯的戰鬥分出了勝負。

十六夜的右肩狠狠挨了一劍，而盧奧斯則被打向岩壁。

不過站著的人是十六夜。盧奧斯那一劍因為十六夜揮拳打向大地的衝擊而變弱，沒能造成致命傷。

之後他沒能揮出第二擊，而是倒臥在地。

失去全身力氣倒在地上的盧奧斯不甘心地狠狠咬牙。

「可惡……可惡，可惡……又輸了……！就算有這麼好的條件，而且連捨身攻擊在內的一切都順利進行……也還是無法取勝嗎……！」

咚！他揮拳搥打地面。盧奧斯應該也是抱著相當決心來面對這一戰吧，否則不會特地去挑戰最困難的強敵。

十六夜邊喘氣邊看著盧奧斯的反應。

正如他所說，所有要素的天秤都導向盧奧斯那邊。

十六夜之所以沒被打倒，只不過是因為基本能力在盧奧斯之上。這場勝負就是驚險至此。

——可是，真的只有這樣嗎？

「…………」

十六夜靠在岩壁上，原本想說什麼但又放棄。

他從未被比自己弱的對手逼到這種地步。

因為十六夜的作風是，即使面對比自己弱的對手也要全力以赴。過去無論碰上什麼樣的對手，他不是都準備萬全才挑戰遊戲，並進一步把對手徹底打敗嗎？

那麼這一次又如何呢？逆廻十六夜有針對盧奧斯和格利、以及春日部耀準備對策嗎？還是認為已經摸清對方底細，所以心生怠慢呢？

（……混帳，實際上鬧了醜態的人是我嗎？）

沒有用盡一切手段的勝利者，能對竭盡所有良計的敗北者說什麼？

只是讓彼此都更為悲慘。

十六夜本來想直接離開，但意外的是盧奧斯主動對他搭話。

「你給我記住……下次……下次我一定會贏！總有一天，我會要你把『Perseus』的名譽還來……！」

「────」

感受到來自後方的沸騰般鬥志，十六夜只有回過頭。

眼前已經不再是那個不解世事的養尊處優大少爺。

而是決定出自身目標的戰士帶著萬千意志瞪著十六夜。

「……哼！可以啊，隨時都可以放馬過來。看你想打多久我都奉陪，星座的騎士。」

這些話自然而然地脫口而出，嘴角也掛著無法克制愉快心情的笑容。

十六夜感覺自己好久沒像這樣打從心底想笑，而且也覺得似乎成功找回了某種重要事物。

他內心有這種類似確信的預感。

之後他在地面已經碎裂成一塊塊的鐘乳洞內前進，找到站在自己正面的最後敵人之後，輕笑了一聲。

「……最後留下來的果然是妳嗎，春日部？」

「只是格利把最後的機會讓給我而已。因為你似乎打得相當辛苦，限制時間只剩下五分鐘。」

居然過了那麼久……十六夜低聲說道。根據自身的感受，他並不覺得有用掉那麼多時間，不過實際上他和盧奧斯打了將近三十分鐘。

「讓重頭戲久等了，這下是不是要改日再戰？」

「怎麼可能。這個限制時間對我有利，我當然不會錯過這機會。」

春日部耀以過去從未有過的熱誠聲調回應。

十六夜也理解這話的意思而露出苦笑。

真是……一件事接著另一件事，讓人來不及感到無聊。

真是最棒的同志大人，讓人高興到簡直想哭。

（沒錯……正如大小姐所說，最近的我或許真的有點奇怪。）

不管是「精靈列車」的事情，還是邊泡溫泉邊尋花問柳，十六夜都對眼前的事情不管三七二十一地計較個沒完。

明明都是些能夠享受到最棒樂趣的事情，卻因為自己無法樂在其中而囉哩囉嗦。

現在還沒給任何人造成困擾所以或許還沒關係。

但是如果不修正這份焦躁，遲早有一天，逆迴十六夜與「No Name」的關係或許會出現裂痕……只有這點，十六夜真心不願意。

「春日部。」

「……什麼？」

「我要暫時離開『No Name』，想去徹底評估一下這個叫作箱庭的世界……對現在的我來說，這是必要的行動。」

耀「嗯」了一聲，一如往常地輕輕點頭接受十六夜的想法，然後微微一笑。

「好啊，你可以盡情去旅行。飛鳥和十六夜不在的期間，我會保護好『No Name』。」

「……不好意思，其實妳也很想去找妳父親吧？」

聽到十六夜那笨拙的道歉，讓耀這次終於笑了出來。

「這件事完全不要緊，別擔心。我爸爸一定會回來。因為我們真正的家是這個『No Name』。」

看到耀臉上的開朗笑容，讓十六夜明白自己是在杞人憂天。

不管是春日部耀還是久遠飛鳥，兩人都真的變強了。已經到達能和十六夜並肩……不，大概是追到腳邊的程度。所以接下來，就只有以同一共同體的同志身分舉拳相交代替餞別。

「──我是隸屬於『No Name』的逆迴十六夜。做好心理準備了嗎？」

「──我是隸屬於『No Name』的春日部耀……嗯，我也會拿出實力！」

耀舉起「生命目錄」，顯現出自己選擇的最強種之一。

被金翅之焰包圍的耀以「大鵬金翅鳥」為第一招，迎擊十六夜。

臉上都帶著笑容的兩人彼此對峙，已經不需多言。

力量皆能震撼天地的雙雄即將拉開最後決戰的序幕。

＊

──斐思．雷斯帶著朦朧意識尋找久遠飛鳥的下落。

「天叢雲劍」的風險並不是只有打消靈格。使用時間越長，身為幽靈騎士的她能留在箱庭裡的時間也會遭到磨耗。

剛才沒有趁對方衝刺時分出勝負真是嚴重失敗，在那個關鍵時刻還能保護主人的阿爾瑪本領只能以精彩來形容。

然而那個鐵壁之盾已經無法動彈，接下來只需要打倒久遠飛鳥。

（……只差一點，我就能獲勝。在這個鐘乳洞裡無法使用鐵人偶，會是真真正正的一對一勝負。）

既然如此，自己絕不會輸。斐思・雷斯擁有勝機。

問題是，對方就這樣逃到時間耗盡的情況。對於已經沒有時間的斐思・雷斯來說，這是最無法接受的結果。然而根據久遠飛鳥的個性，她可以斷言這種情況絕對不會發生。

久遠飛鳥不是會逃避戰鬥的人。斐思・雷斯發現自己抱著這種類似信賴的感情，忍不住露出苦笑。

在鐘乳洞內的一個轉角轉彎後，來到一條長長的直路。

——久遠飛鳥就在盡頭的丁字路口等待斐思・雷斯。

「…………」

彼此都沒有開口。

對於斐思・雷斯沒有拿著「天叢雲劍」的狀況，飛鳥並沒有表現出驚訝反應。大概是利用地精探查過狀況了吧？那麼該把這條直路視為陷阱。

或許每一個地方都藏有某種恩賜。

不，肯定有設置陷阱。如果不是那樣，怎麼會選擇直線來一決最後勝負。然而斐思．雷斯腦中並沒有想到繞路這個選項。雖然已經沒有時間也是原因之一，不過最重要的是，既然久遠飛鳥沒有逃走，那麼久遠彩鳥也沒有理由逃走。

她從恩賜卡中拿出愛用的蛇腹劍，調整呼吸。利用剛弓來遠距離狙擊，或是使用雙槍來應戰應該是比較聰明的方法吧？然而每當斐思．雷斯對關鍵性死鬥時，總是把勝負交給這把愛劍，她總是選擇相信自己的武藝。

等她調整好態勢，正準備衝向對手時，飛鳥主動開口：

「我是隸屬於『No Name』的久遠飛鳥……妳呢？」

「……我是隸屬於『女王騎士』的久遠彩鳥。在此一決勝負。」

這就是最後。

不管是姊妹的對話，還是彼此廝殺，一切都即將結束。

最後一次報上名號後，斐思．雷斯化為子彈，在最後的直線上衝刺。

「梅爾、梅露露、梅莉露！破壞腳下地面！」

了解！三姊妹發出從未有過的嚴肅聲音回應。她們用地精的力量讓地面突然出現裂縫，泥土變得泥濘，逼使斐思．雷斯衝刺的速度大幅降低。

不過這是斐思．雷斯曾經歷過的狀況，不足以讓她畏縮。

飛鳥拿出破風笛，把笛子像指揮棒般揮動，一口氣啟動陷阱。

藏在岩石後方的炎之寶珠化為灼熱光束，接二連三地狙擊斐思．雷斯。這些灼熱光束靠著飛鳥的力量而膨脹到極限，想擋下是不可能的事情。如果剛剛拿出的武器是雙槍，現在大概已經落入絕境。

斐思．雷斯讓蛇腹劍如鞭子般伸長，用前端纏住洞頂的鐘乳石並藉此脫離泥濘地面，躲開灼熱光束。然而就像是不給她喘息機會那般，接下來換成極凍寒氣來襲。

這是打算透過大幅調低空間本身的氣溫，來降低敵人的運動能力。同時，鐘乳洞的縫隙中吹出烈風，像是早已預測到這發展。

極寒之狂風與利刃的複合攻擊。就算用蛇腹劍擋下，一隻手也肯定會因為增加速度的冷氣而結凍崩毀。斐思．雷斯率直承認自己的評估太過天真，往前方跳躍並閃避複合攻擊。

——不過，對方下手真是相當不留情。

至此為止的陷阱都具備足以造成致命傷的破壞力。

然而這條直路只剩下約七公尺左右。以斐思．雷斯的腳程來說，只需跳一步就能越過。儘管無法確定還會出現什麼陷阱，但是已經來到可以出手一決勝負的位置。

（好——跳吧！）

斐思．雷斯在肌肉中灌注力量，以全力的跳躍逼近飛鳥。

這時，鐘乳洞就像是怪物胃部那樣蠢動並一口氣對她露出獠牙。躲在洞穴內的小型幻獸從上方發動襲擊，然而要是她會因為這種程度的妨礙就停下腳步，根本不可能成為女王騎士。

斐思・雷斯斬斷來襲的鐘乳石，完全進入能攻擊到飛鳥的距離後，最後的陷阱也在此同時啟動。

（嗚！我的耳朵……！）

久遠飛鳥的周圍被大氣之壁籠罩，同時氣壓出現劇烈變化。操縱大氣的恩惠讓斐思・雷斯的三半規管失去平衡，這就是飛鳥用來對應近身戰鬥和剛弓的策略吧。

就算是女王騎士，這招也讓她難以承受。如果是一般人恐怕已經失去意識，斐思・雷斯卻只有平衡感覺被破壞，大概全都要歸功於她平時的鍛鍊。

然而在失去平衡感覺的那瞬間——看到藏在丁字路口的最後陷阱，讓絕望感閃過斐思・雷斯的腦內。

因為那裡有小型化的紅色鋼鐵人偶——迪恩正舉起拳頭。

（糟了……！神珍鐵並非只能巨大化的恩惠……！）

沒錯——據說過去齊天大聖邁向旅途時，都把如意棒藏在自己的耳朵裡隨身攜帶。換句話說神珍鐵是不只能夠巨大化，而且也能夠小型化的恩惠。

假如迪恩能維持最大重量直接進行小型化，那麼拳頭的威力有可能比巨大狀態時更強大。要是被經過壓縮的幾百噸拳頭以不變的速度打中，大概會連五臟六腑都炸散各處立即死亡吧。

——都已經來到這裡，卻要敗給對方嗎？

當這種挫折感閃過腦海的瞬間，斐思・雷斯捨去了最後的尊嚴。

「切斷她的神祕，『天叢雲劍』！」

斐思·雷斯再度從恩賜卡中抽出神劍。迪恩因為無法承受自身重量而崩倒，大氣之壁也被斬裂。

（接下來只要三半規管恢復，就是我可以——！）

——噗！

這時，斐思·雷斯聽到自己側腹響起身體被刺穿的聲音。

「……咦？」

這瞬間到底發生了什麼事——依然還不明白的斐思·雷斯看向自己胸前的久遠飛鳥。

這是她拔出「天叢雲劍」那時發生的事情。失去平衡感覺，單腳跪下的斐思·雷斯在拔劍的同時也站直身子。

換句話說她在三半規管和平衡感覺都不正常的情況下，變回一名普通的少女。

就算她的武藝再怎麼登峰造極，在這種狀態下也不可能正常行動。更何況——更何況她從來沒有想過有一天久遠飛鳥會動手刺殺她。

所以對斐思·雷斯來說，這真的是出其不意的一擊。

「……啊……」

「……嗚……」

雙方都領悟到一切已經結束，她們感覺這一瞬間彷彿持續了數十年。

飛鳥繼續用發抖雙手拿著用來刺穿斐思．雷斯的破風笛。她動手刺殺的對象並非普通的敵人，她剛才是對親人下手——沒錯，她刺殺了自己的親人。

那是和自己抱著相同孤獨，說不定能治癒彼此孤獨的世上唯一親人，但是飛鳥卻親手殺了對方。

就像是要安撫不斷發抖的飛鳥，斐思．雷斯摟住她的肩膀。

「……是我輸了。」

「……嗯，是我贏了。」

斐思．雷斯的眼中不再有先前的憎恨，而是凶狠消失的沉穩眼神。在那裡，可以看到她原本擁有的冷靜沉著靈魂直接具體顯示出的平靜情緒。

「很遺憾，這麼一來我的夢想已經破滅。明明我比妳早很多被召喚到箱庭，還一直鍛鍊鑽研至今，結果那一切全都白費了。」

「——夢想？」

飛鳥抬起頭反射性發問，接著立刻摀住嘴巴。然而她實在無法抑制想反問的衝動。畢竟斐思．雷斯累積至今的技藝絕不是一般熱情就能取得的事物。

那應該是必須先做好心理準備將會見識到地獄景象，才有機會獲得的劍技。

讓她投注這種熱情去追求的夢想，到底是什麼呢？

斐思．雷斯帶著苦笑搖頭。

「並不是什麼遠大的夢想。我只是……想要得到自己的家人。溫柔的父親、溫柔的母親，還有……啊，原來是這樣，所以我才會輸。」

「嗚……！」

久遠飛鳥聽懂久遠彩鳥沒說出口的發言，不由得鬆手放開破風笛。

噹！笛子典雅的音色把她導向絕對不可能存在的過去。

——在笛音的另一端，飛鳥看見了已經捨棄的過去世界的夢境。

從年幼時就一直嚮往的籠外世界。

越過牆壁，越過海洋，越過國境……

和已經往生的雙親和姊妹一起，不受任何事束縛，帶著笑容四處奔跑的自己。

和失去的家族一起體驗過去未能實現的萬聖節之夢。

一切只不過是已捨棄世界的殘響。

然而飛鳥卻無法抑制湧上雙眼的淚水。她握起似乎隨時會消失的斐思．雷斯的手，看著那飽經鍛鍊，不像是女性的手掌。

「妳真傻……！像這麼粗糙的手，怎麼能擔任財閥的大小姐呢……！既然好不容易獲得時間，妳該去學習裁縫或編織才對啊……！」

「這話真讓人不能認同。女王騎士在沒有值班時，也要擔任女僕或管家。所以不管是裁縫或編織，我都有自信能比妳更高明。」

「很好！這點小事，我在那間跟監獄沒兩樣的女子高中裡也有學過！」

——所以，來比比看到底誰比較優秀吧。

兩人同時把這句話吞回去。

因為只看一眼就能明白，她們已經沒有繼續閒話的時間。

「……真遺憾，如果妳是個更討人厭的傢伙那不是很好嗎？」

「那……那是我要說的話，妳這個大笨蛋妹妹……！」

居然說我是妹妹，難以認同……這句話還沒說出口，斐思・雷斯就消失了。飛鳥擦去即將掉下來的淚水，目送到頭來依然沒有獲得任何回報的姊妹離去。

不管是想要傳達的話語，還是想要一起度過的未來，原本存在於此處的一切，全都消失到對岸的另一端。

只留下一樣東西——彷彿是在象徵她靈魂的白銀色恩賜卡。

然後在久遠飛鳥撿起那張恩賜卡的同時——通知遊戲閉幕的銅鑼聲也響遍了整個舞台。

終章

——關於遊戲的結果。

優勝者是回收了兩人份恩賜卡的久遠飛鳥。

逆廻十六夜和春日部耀的戰鬥在遊戲結束後依舊繼續了七天七夜，但最後因為耀的靈格存量耗盡，所以暫定由十六夜獲勝。

就這樣，她聲勢浩大地建立「領導人恩賜遊戲出道戰敗北」、「私鬥敗北」、「麥克風宣戰失敗」這三個傳說，登上聯盟盟主的寶座。直到現在，她在戰鬥結束後一邊淚如雨下，一邊大喊：

「我……我下次會贏……！下……下次絕對會贏……！」

而且整個豁出去放聲大哭的模樣還是讓人記憶猶新。

久遠飛鳥雖然獲得優勝，但之後好幾天都一副魂不守舍的樣子。

然而某天她突然動手整理行李。

「我要去見女王。我認為不管是要去尋找同志還是要鍛鍊自身，都必須先和她見一面。等這件事結束後，我打算去調查安德天皇相關的事情。」

最後只留下這段話，就瀟灑地踏上旅途。

所謂走得乾淨俐落就是在形容她的表現吧。就算總有一天要回來，但飛鳥似乎打算首先要創建一個獨立的共同體，所以該處理的事情還堆積如山。實在讓人羨慕。

——最後，關於逆迴十六夜。

他並沒有特別去找哪個人道別。

而是帶著只用一個皮包就能裝下的行李，在不知叫什麼名字的河邊享受釣魚樂趣。

既然歸處已經確定，根本沒有必要大張旗鼓地道別。輕鬆地外出旅行，然後再突然回來。十六夜想過一陣子這樣的生活。

畢竟箱庭很大，大到不合理的地步。

與其不顧一切地往上爬，他想先往平面繞一圈走走看看。若是途中碰到什麼不可多得的邂逅，就會化為軌跡，成為功績，轉變為哪天更上一層樓時的導引……或許會那樣啦。總之怎麼說，繞點遠路走些岔路稍有耽擱一下不也很好嗎？

「……那麼，這條河能釣到魚嗎？十六夜先生。」

——魚竿停止晃動。

有點感到意外的十六夜回頭看去，只見眼前出現兩張熟悉的臉孔。

「黑兔……和格利？這怎麼回事，真是讓人意外的搜索小組。」

「你說什麼，這是很妥當的組合吧？只要有黑兔小姐的耳朵和我的羽翼，無論是什麼樣的土地都可以盡情搜尋。」

「YES！『No Name』搜索小組成立！」

唰！黑兔豎直兔耳。

十六夜只能更加苦笑。而且他們似乎並不單純只是來找人，仔細一看，兩人都帶著足以因應旅行的行李。黑兔也換下平常那套兔女郎服，穿著比較休閒且方便行動的服裝。

「你們都帶了不少裝備嘛，這下感覺真的會演變成長途旅行……不過，真的不要緊嗎？和魔王戰鬥時如果黑兔不在，應該會有很多方面都陷入不利吧？」

「那是人家要說的台詞，十六夜先生有自信能在這次旅行中連一次都不和魔王交手嗎？」

「……啊，沒有。」

「是吧？那麼至少要帶著我們。別擔心，我不會拖累你。這對翅膀已經是你的東西，隨便你怎麼使用。」

「YES！人家也想好好報恩！」

黑兔揮動兔耳幹勁十足。明明這時要是能說出「人家是想跟在十六夜先生身邊！」之類的發言或許就有機會成為女主角，真是隻總差了那麼一點的遺憾兔子。

十六夜也沒有繼續阻止兩人。

所謂出外靠朋友，既然要跟，就讓他們陪著自己前往箱庭的每一個角落吧。

「總之現在想先確保晚餐有東西可吃……不過這條河不行，前往附近的城鎮吧。麻煩你飛一趟了，搭檔（格利）。」

「嗯，我才要請你多指教，吾之騎師。」

「請……請別忘了還有人家！」

十六夜呀哈哈笑著，握住韁繩。確認黑兔在十六夜後方坐下後，獅鷲獸發出符合獸王氣勢的吼聲，飛向天空。

踩著空氣奔馳的牠先確認會吹起順風，才對著背上兩人大叫：

「會有很強的順風！我要一口氣往前衝，抓好了！」

「好，盡情衝刺吧！現在就算是要前往世界盡頭都可以奉陪！」

「ＹＥＳ！人家聽說過對岸盡頭是未知的神域！一定是一片很棒的土地！」

那真是不錯啊……一起笑著的三人在空中飛翔。

他們從天上眺望逐漸下沉的夕陽。

染成上下對稱色彩的天與地宛如一幅畫，正是幻想世界的光景。而他們將會去追求同樣美好或是更加美妙的景色，而且也一定能多次欣賞到吧。

不管是時間的盡頭，世界的盡頭，甚至連異世界的盡頭，三人想必都有能力前往。

因為這些問題兒童們寫下的神話——才正要開始。

——黃金週的那一天。

大哥失蹤以來，已經過了三年。

那天是五月五日，距離梅雨鋒面該出現的時期還差很遠。

西鄉焰和彩里鈴華兩人靜靜地坐在被大雨籠罩的車站內。

看來只限今年，「五月晴」一詞會從形容季節的詞彙變成無人使用的詞彙，萬里無雲的大晴天根本沒有想露臉的意思。

現在原本就是煩心事接二連三讓人總是感到鬱悶的時期，再加上高濕度高密度的連日大雨，更是充滿絕望。

騎腳踏車必須花費三十分鐘的中央線似乎對雨雪沒有什麼抵抗力，只要天氣轉壞就會輕易認輸。如此一來由於列車延遲，會讓電車內的人口密度增加，濕度也更加提高。所謂的活地獄肯定就是在形容這種狀況。

……所以至少，要是能帶個好消息回去能有多好。

這就是諸行無常，真不想推開 CANARIA 寄養之家的大門。

雖然西鄉焰自認以年齡來說，自己的精神算是很能承受打擊，但這次真的是讓他感到受夠了。

他嘆了口氣，於是坐在旁邊的鈴華強打精神擠出笑容。

「……喵哈哈，果然變成這樣了呢。算了，金錢問題方面我們實在沒辦法嘛！振作一點吧，兄弟（Brother）！」

「我知道，姊妹（Sister）。」

—Another Prologue—

他身旁的少女——彩里鈴華今天也講出不知何時開始使用的慣例互動後，抬頭望向下著大雨的天空。明明她也受到相當大的打擊，卻完全沒有表現出來。一方面應該是因為擁有強韌的精神，另一方面大概是一種激勵行為，提醒自己等人必須要更振奮堅強才行。

——今天，兩人出席了自幼就受到對方疼愛照顧，也是寄養之家出資者之一的富豪老爺爺的喪禮。

把自己當成真正親人對待的恩人過世雖然也是讓他們沮喪的理由，然而真正的問題是出席喪禮時，那個看起來是對方長子的男性所告知的一句話。

「很抱歉，對你們所屬的孤兒院，我們打算停止資助。」

突然被迫面對這句通知的兩人甚至沒有機會反論，直接吃了閉門羹。正因為他們之前都認定這裡是唯一不會撤資的出資單位，因此受到強烈的衝擊。這下寄養之家失去最後一位出資者，已經是一盤死棋。

CANARIA 寄養之家不得不面對實際上已經等同解散的結果。

「這半年內，十二個出資單位全滅。就算其中三個是經營困難迫不得已，但其他單位斷絕金援的方式顯然都很奇怪。怎麼看都像是有人刻意謀劃，到底是誰在攻擊我們？」

「就算知道是誰，也已經太遲了。而且基本上我認為受攻擊的理由可多著是。因為……金絲雀(CANARIA)家的小孩，每一個都很特殊。」

焰稍微壓低聲調。的確，這有可能是原因。

尤其是最近，不知道是不是因為年齡增長，寄養之家的孩子們慢慢從特殊轉變為異常。不過，焰並不明白這代表什麼意義。

「因為連御門先生都沒辦法查出來啊。要說這種情況下還有哪個人可以找出解決辦法，就只有——」

講到這裡，鈴華摀住自己的嘴巴。

「……對不起，就算提起已經不在的人，其實也無濟於事。」

「別介意，要是能夠聯絡上他，我也早就聯絡了。」

之後，兩人之間陷入沉默。鈴華輸給這份尷尬，抬起頭望向下著雨的天空。

「……這陣子連續下大雨呢，已經很久沒看到太陽和月亮了。」

「明明距離梅雨季還早，就算說是異常氣候，也不知道究竟發生了什麼事。」

「是啊……放晴的日子會到來嗎？」

「不知道……總之，電車來了。」

喀噹叩咚，誤點三十分鐘的電車駛進月台。車門一打開，被人類密度和雨水濕度加熱的空氣就一口氣湧出。

「——好，總之先鼓起幹勁，想辦法從眼前的事情開始解決吧！」

＊

——CANARIA寄養之家，正面玄關。

差點在電車內被蒸熟的兩人總算到達CANARIA寄養之家。而且回來的路上還遭到活像樹海大雨的高密度暴雨襲擊，叫人不知道該如何應付。鈴華一進門立刻脫掉上衣大吼大叫：

「嗚啊～淋得超溼！超誇張！洗澡！洗澡！浴室可以用了嗎！還有兄弟，我可以先去洗嗎？」

「OK了解，女性可不能讓身體著涼，姊妹。」

焰一邊整理亂丟的鞋子，同時大方答應。鈴華反而突然停下腳步。

「……總覺得最近的焰似乎變得越來越像十六哥。」

「啥？」

「沒事，我先去洗澡了！」

彩里鈴華腳步粗魯地衝進浴室，整理鞋子的焰則發現有陌生人的鞋。

（……？這雙是御門大叔的皮鞋吧，那另一雙是誰的？）

他歪著頭走向會客室。御門過來並不是罕見的事情，不過如果還帶了其他人，那就很難得了。

出於好奇的西鄉焰來到會客室，看見癱在沙發上的中年男性——御門釋天後，對他發出很不以為然的聲音：

「喂，御門大叔，我不是說過寄養之家裡禁止吸菸嗎？」

「嗯？哎呀，抱歉。想說反正沒人在就忍不住偷吸了一口。」

御門釋天露出親切笑容，熄掉手上的菸。焰趁這機會拿走他胸前口袋裡剛打開的整包菸。

「啊……喂喂，我才只吸了一根……」

「別吵，等你回去的時候我會還你，現在先由我保管。因為違反規則就該受罰。」

「好……好嚴格啊……不過，你們比我預估的還要早回來，果然對方決定停止出資嗎？」

他突然收起笑容，直接點出核心。

這男子……御門釋天是在十六夜和顧問律師失蹤後，來到無人繼承的寄養之家，並宣稱自己是受僱的管理人。雖然一開始感到懷疑，但他準備的文件並沒有可疑之處，而且最重要的是御門也知道 CANARIA 寄養之家的祕密，所以最後決定總之先交給他試試。

御門釋天自稱是旅行全世界的自由代理人，這幾年下來，焰也已經理解他確實是個優秀的傭兵。要不是對女色和美酒都毫無節操，應該能成為偉人吧。

「基本上都和原本的預估差不多，對方完全不打算聽我們說明。看那種態度，有什麼武器大概都沒有意義……就算拿出御門先生幫忙調查的帳簿也毫無效果。」

最後這句話別有含意。御門釋天皺起眉頭，把手抵在下巴上。

「是嗎……連那本暗帳都沒辦法讓對方屈服的話，就代表牽扯到相當棘手的大人物吧。抱歉，沒能幫上忙。」

—Another Prologue—

「沒關係。雖然不甘心，但我們已經徹底輸了。CANARIA 寄養之家……只能解散。」

焰的眼神一瞬間飄向遠方。

然而御門釋天卻用力抓住他的肩膀。

「不，還很難講。我今天已經把機會帶來，接下來全由你決定。」

「……咦？」

「好啦，久藤家的大小姐已經參觀完設施回來了，快點把衣服拉一拉！」

御門釋天拍拍焰的背，催促他整理儀容。不知道發生什麼事情的焰陷入混亂，但這種情緒卻在看到從設施樓梯下來的人物後被整個拋到腦外。

對方走完樓梯，視線自然和焰相對。

「……這位就是西鄉教授的……？」

「沒錯，久藤彩鳥大小姐。好了，快打招呼，焰。」

御門釋天提醒西鄉焰要自我介紹。然而他一看到那位女性，立刻驚訝得整個人僵住。

出現的少女——久藤彩鳥的金髮美麗得與其用閃亮的金塊形容，反而更像燦爛的太陽光輝，或是整片的黃金稻穗。

五官雖然還帶著稚氣卻非常端正，看起來有點像是有日本血統的混血兒。

根據身高，似乎和焰差不多年紀，不過散發出的獨特氣質卻讓人覺得她像是更成熟的高貴女性。

被這樣的少女奪走思考能力的焰還是很快推測出對方的身分。

「久藤……該不會是 Everything Company 的那位久藤？」

「是的，我是該公司董事長的女兒……雖然有英文名字，不過我想在日本還是用日文名字會比較好。可以請教你的大名嗎？」

「……不好意思，這麼晚才自我介紹。我叫西鄉焰，請多指教。」

「大小姐比你小一歲，也就是十二歲。很能幹吧？而且還是超級美少女。」

西鄉焰無視滿臉賊笑的御門釋天，拚命思考為什麼久藤彩鳥會前來 CANARIA 寄養之家。

Everything Company 是第二次世界大戰結束沒多久就在歐洲成立的公司，目前還是世界排名前五之內的大貿易公司。據說這間公司的成立和一位前往歐洲的日裔傑出女性有關，看來這傳言並不是完全的無憑無據。

當西鄉焰正忙著思考這些事情時，久藤彩鳥輕笑一聲，稍微側了側腦袋。

「站著說話似乎不太好，是不是可以和兩位同席？」

「啊，當然。不好意思這麼不周到，我現在就去準備茶水……」

「不，不需費心。因為我來這裡的目的是想和你談話。」

那完全不像十幾歲少女的沉靜聲調讓焰不由得感到緊張，他先在腦中再三強調「對手相當不好應付」的評價，然後才開口發問：

「那麼請問……您今天前來 CANARIA 寄養之家是有何指教？」

「我是來協商對這間孤兒院的資助事宜，以及令尊的研究。」

對方立刻說出口的答案超乎西鄉焰的期待，也讓他內心因此十分激動。如果 Everything Company 願意資助孤兒院，毫無疑問是最棒的贊助者。

他抑制著加速的心跳，極為冷靜地對應：

「您說父親的研究……其實我並不清楚內容。畢竟他已經去世多年，而且當初也不是由我親手整理財產。請問是關於什麼的研究？」

反問的焰一半是出於好奇，另一半則是演技。畢竟他是真的不清楚詳情。不管是要交涉還是要爽快答應，首先必須弄清楚內容否則一切免談。

久遠彩鳥猶豫一會，先看了看御門釋天，才拿出一個小瓶子。

「這是？」

「最新型的永久驅動奈米機械的完成品樣本。」

這瞬間，焰差點整個人都跳起來。雖然他知道父親的專門領域是能量開發，但根本沒有想過會冒出這種東西。

奈米機械本身就已經是超級技術，居然還搭載了永動機，就算是所謂的超技術（Over Technologies）也未免太過誇張。

「等……等等！啊，不，請等一下。既然有完成品，為什麼沒有進行量產呢？」

「當然有。研發部門已經挑戰過許多次，但是依舊無法成功。每一個人都只能放棄，認定這東西的奈米技術比我等還要先進四個世代。看來你的父親是真正的天才。」

久藤彩鳥以沒有變化的語氣送上讚美，不過接下來似乎才要進入正題。

「正如剛才所說，無論擁有多優秀的技術，甚至還擁有完成品，但沒有設計資料還是只能舉手投降。然而西鄉教授過世後，研究資料被人偷走，而相關線索也已經被抹去。正當我們束手無策，認為重現或許是天方夜譚時……御門先生帶來了一絲希望。那就是西鄉焰，你的力量。」

「嗚！」

講到這邊，焰總算明白這番話的重點。

接著他以帶著憤怒的視線瞪了御門釋天一眼。

「……你把我們的祕密說出去了？」

「抱歉，因為已經沒有其他辦法，不過至少現在只有大小姐知道。」

「是的，這也是我隻身前來沒有帶人的理由。聽說這個 CANARIA 寄養之家聚集了擁有這類特異力量的少年少女。而焰先生的『再現之力』正是為了繼承令尊的研究才誕生的力量。如果你願意出借這份力量，無論孤兒院需要任何資助，我等都不會吝於支付。」

她的深綠雙眼與沉靜聲調裡都透露出熱誠。然而就算是焰，也不可能輕輕鬆鬆再現出奈米機械。光是要分解原本的樣品，恐怕就需要專門的設施和數十年的漫長時間。

換句話說——簡言之，少女是要買下焰的人生。

代價是這間 CANARIA 寄養之家的經營費用，還有研究費用等其他各方面也全都由她出資。焰被要求現在就必須做出決定，判斷這些是否足以換取他的人生。

（……御門大叔帶來的事情真的都沒啥正經好事。）

雖然他還是有表現出煩惱的態度，不過這裡的少年少女都是些找不到其他去處的孩子。也就是說一旦寄養之家關閉，這些孩子將無家可歸。

所以打從一開始，其實就只剩下一個答案。

「我只有一個願望。」

「是什麼呢？」

「我想這個研究一旦完成，必定會讓世界的面貌大幅改變。根據利用方式，甚至能改變整個星球的存在形式……雖然我對老爸完全沒印象，但是我認為他並不希望被那樣利用。如果妳能做出保證——」

焰站起來，把右手伸向久藤彩鳥。

「——我可以把人生賣給妳，彩鳥大小姐。」

「當然沒問題，我會出高價買下。」

雙方都伸出小小的手掌相互交握。

才放開手，焰立刻整個人倒在沙發裡，像是疲勞一口氣湧現。

「……哈哈，太好了。可惡！總算放心了！混帳！雖然不甘心但還是要說一聲！謝謝你，御門大叔！我真的非常感謝！」

「哈哈哈，你這小子，我不是說過至少要叫我御門先生嗎？總之快去叫其他人過來，要把大小姐介紹給他們認識。」

好～從沙發上起身，踩著輕快腳步離開現場的背影的的確確還是個小孩。

以像是感到很不忍的眼神目送焰離去後，兩人都輕輕嘆氣。下一秒，雙方之間的氣氛整個改變。都換上戰士表情的彩鳥和御門開口對話：

「『西業（Saigou）』的『焰（Homura）』嗎？如果是出身於箱庭的人，每一個都會因為這名字而感到戰慄呢，帝釋天。」

「的確如此，女王騎士。還是叫妳斐思·雷斯（Faceless）比較好？」

「……在外界，這稱呼會讓人感到很不好意思。」

「不不，還有其他更應該感到不好意思的事情吧？我完全沒料到在那麼聲勢浩大的離別後，妳不但保持人格轉生，而且還享受著新的人生。」

「這……這件事連我自己也感到很困惑！前來探望我的師父說，這是機率低到不能再低的奇蹟……總……總之，我沒有預定要回到箱庭，所以也沒關係吧。」

臉頰有點泛紅的彩鳥轉開視線。

看樣子沒辦法徹底俐落退場，只能祈禱別被飛鳥發現。

「不過，原本還以為已經解決所有問題……但看來還會再起波瀾。」

「……這句話的意思是，他會成為新的最終考驗嗎？」

「怎麼可能，只有這件事情我不會讓它發生。因為——我（軍神）就是為此才降臨地上。」

帝釋天的靈格在這瞬間一口氣膨脹。

與此同時，陽光從雲層間灑落。

無論激烈雨勢持續多久，放晴的日子總會到來。

遠處傳來好幾個慌亂的腳步聲。兩人消去先前的氣氛，決定現在要專心接受 CANARIA 寄養之家的歡迎。

後記

這次非常感謝您拿起這本唬人的現代風異世界衷心誠意奇幻作品《問題兒童都來自異世界？》。

另外也要對為了出版本書而提供協助的每一位獻上毫無保留的謝意。

回過神來，才發現本系列出版至今已經過了四年。

居然在我即將踏入三十歲時都還在繼續，真是完全沒有預想到！

儘管沒能把想寫的內容全都放進作品裡，然而能順利進行到第一部完結，我想要歸功於各位讀者的支持。

現在回想起來，自己一個人說著「不對不是這樣」或「也不是那樣」並把作品當成想像中的拳擊對手進行攻防的那些日子其實也很開心呢，真是讓人感慨萬千……不過話說回來果然還是要只在這裡說明一下這四年其實是帶著各式各樣的糾結和喜悅一起度過例如本來這部分和那部分可以寫得更有趣或是因為時間問題而省略掉的場景和光是收集設定就足以再創作出另外的三部系列作品這樣已經不算健全了吧還有不對不對在獲得的有限時間內寫出最棒的作品才符合

後記

這業界的作風怎麼可能有哪個新人能夠獲得沒有任何限制的時間和頁數呢況且問題兒童系列本身的概念就是竜ノ湖我本人過去庫存作品的集合體所以這樣做沒有錯以及其他等等諸如此類。所以讓我再次體認到，在寫作之前雖然度過了枯燥的日子，但其實人生密度這種東西要提昇多少都是有可能的事情。出道作就承蒙動畫化和漫畫化的機會，從頭到尾已經到了幾乎不可能再更充實的地步了。嗯，我無怨無悔地衝刺至今。

……雖然講得好像滿心感慨的樣子。

不過包括第二部在內，本系列作品還會繼續下去！

目前還不確定幾年後才會完結，不過多虧各位，能繼續下去的氛圍感覺相當濃厚，所以我會邊安插一些外傳故事邊隨性地寫下去。例如 Jack the monster 倫敦篇，或是平安時代妖怪故事篇，還有近未來篇、七天大聖篇、反烏托邦篇等等大概幾集就能結束的各式內容，老實說都想寫寫看。

那麼，關於這樣的問題兒童系列，在此要向各位讀者公開重要的消息。

我想大家大概也很在意的第二部正在順利進行，請各位放心。這次不會讓大家等太久，具體的出版日期應該有寫在書腰上。（註：此指日版）

接著是重大發表！第二部的情報如下：

新「問題兒童」們的
—問題兒童們歸來（暫定）—

Last Embryo 1

問題兒童系列第二部開始。

「Last Embryo」篇即將拉起序幕。

雖然書名和封面設計會稍有變化，但其實是換湯不換藥的詐欺，敬請放心。依然是往常的那個問題兒童系列。原本還覺得自己下了相當大的決心，但後來聽說在スニーカー文庫中這是鮮少發生的常見狀況，讓我有滿腔幹勁整個落空的感覺。

另外我想看過本集的讀者應該注意到了，從第二部起會有新的插畫家ももこ老師參戰！

天之有老師，四年以來真是辛苦您了！

原本是因為您是會畫可愛兔子女孩的插畫家才提出請託，您卻願意被捲入這種誇大後再誇大好幾倍的世界觀裡，真的非常感謝！

等彼此在各方面都穩定下來之後，再找以前的責編一起去喝一杯吧！

還有ももこ老師，接下來請多多指教。雖然我想從第二部起會更誇張也會很難處理，但如果您願意配合，我會非常高興。

最後，也請各位讀者能繼續支持往後的問題兒童系列。

竜ノ湖太郎

竜ノ湖老師，恭喜第一部完結，您辛苦了！

問題兒童系列是我第一份插畫工作，能有機會親眼目睹這部宛如巨浪的作品，我真的非常感謝。

從第二部開始，要交棒給也擔任了本集插畫的ももこ老師，我想作品必定會展現出更精彩的高潮吧。

還有，也要對各位讀者以及諸位相關人士的支援表達感謝之意。

那麼，期待在某處再相會吧！

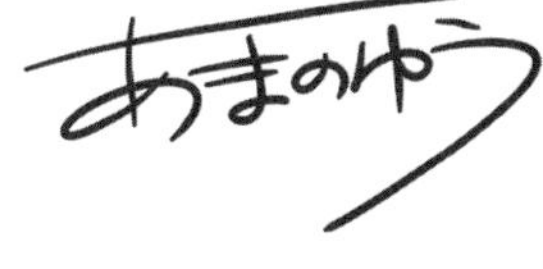

為美好的世界獻上祝福！外傳
暁なつめ
illustration 三嶋くろね
為美好的世界獻上爆焰！
好評大熱賣!!
《為美好的世界獻上祝福！》惠惠視角的衍生外傳登場！
「──請妳教我剛才的魔法。」
在此即將揭開紅魔族首屈一指的天才魔法師惠惠
一日一爆裂的真相……！
小説家になろう
出自「成為小説家吧」網站

飛翔吧!戰機少女 1 待續

作者:夏海公司　插畫:遠坂あさぎ

身為戰鬥機的少女,
日本海的和平,就交由她們來守護!

為了對抗神祕飛翔體「災」,而開發出超水準的兵器「子體」。負責操控的則是擁有少女外表,名為「阿尼瑪」的操縱機構。嚮往天空的少年「鳴谷慧」,遇見了閃耀鮮紅光輝的戰鬥機及駕駛它的阿尼瑪「格里芬」,兩人漫長且炙熱的故事就此展開——

台灣角川

NT$200/HK$60

Kadokawa Light Novels

爆肝工程師的異世界狂想曲 1~3 待續

作者：愛七ひろ　插畫：shri

佐藤溫馨的異世界觀光之旅，
這次會遇上什麼新的邂逅和麻煩？

三十歲左右的程式設計師佐藤誤闖異世界，並從不死王賽恩手裡平安救出精靈少女蜜雅後，為了護送她回到精靈之村，一行人啟程自聖留市出發。此行不光是溫馨的觀光之旅，等待著他們的還有新的邂逅和麻煩？

各 **NT$220/HK$68**

台灣角川

國家圖書館出版品預行編目資料

問題兒童都來自異世界?. 12, 軍神的前程諮詢! / 竜ノ湖太郎作 ; 羅尉揚譯. -- 初版. -- 臺北市 : 臺灣角川, 2016.01

面； 公分

譯自 : 問題児たちが異世界から来るそうですよ? : 軍神の進路相談です!

ISBN 978-986-366-904-3(平裝)

861.57 104026063

Kadokawa
Fantastic
Novels

問題兒童都來自異世界？ 12（完）

軍神的前程諮詢！

（原著名：問題児たちが異世界から来るそうですよ？軍神の進路相談です！）

2016年2月10日　初版第1刷發行
2021年3月26日　初版第5刷發行

作　　者：竜ノ湖太郎
插　　畫：天之有
譯　　者：羅尉揚

發 行 人：岩崎剛人
總 編 輯：蔡佩芬
主　　編：朱哲成
美術設計：宋芳茹
印　　務：李明修（主任）、張加恩（主任）、張凱棋

發 行 所：台灣角川股份有限公司
地　　址：105台北市光復北路11巷44號5樓
電　　話：（02）2747-2433
傳　　真：（02）2747-2558
網　　址：http://www.kadokawa.com.tw
劃撥帳戶：台灣角川股份有限公司
劃撥帳號：19487412
法律顧問：有澤法律事務所
製　　版：尚騰印刷事業有限公司
ISBN：978-986-366-904-3